더 좋은 곳으로 가자

정문정 지음

더 좋은 곳으로 가자

능력에 요령을
더하면 멋지게
갈 수 있다

문학동네

차례

2부 속도와 균형을 달걀처럼 들고

3부 우리 더 좋은 곳으로 가자

프롤로그

더 좋은 곳으로 가는 생활의 요령

부산 출신 배우 김민석이 서울에 갓 상경했을 때의 에피소드를 방송에서 본 적 있다. 아르바이트 자리를 2호선 강남역 근처에서 구했고, 집은 9호선 신논현역 근처에 얻었는데 이 거리가 걸어가면 십 분 내외인 걸 몰라서 매일 지하철을 탔다고 한다. 심지어 환승까지 하느라 삼십 분씩 걸려가며 출퇴근을 했는데 반년이 지나서야 그간 얼마나 황당한 행동을 해왔는지 알게 되어 허탈했다는 이야기를 하자 듣고 있던 사람들이 깔깔댔다. 그걸 알려주는 사람 하나 없었느냐며.

열심히 하는데 어딘가 허술해 보이는 사람에게 항상 마음이 쓰인다. 외롭게 고군분투하는 이를 보면 지나치기 어렵다. 너무 오래 둘러가는 사람. 실력 있음에도 언제나 최종 후

보 목록에는 없는 사람. 단점이 별로 없지만 강점도 딱히 눈에 띄지 않는 사람. 음악 경연 프로그램을 보게 되면 그런 이가 종종 나온다. 타고난 목소리가 개성 있는데 그에 맞지 않는 선곡을 한다거나, 심사자와 시청자의 주의를 흩뜨리는 특유의 버릇이 있는 사람, 굳이 스스로를 '제2의 ○○'라고 소개해 개성이 중요한 프로의 세계에서 캐릭터를 좁혀버리는 사람.

굳은 얼굴을 하고 있던 심사위원이 공감 가는 조언을 건넬 때면 다행스럽다는 생각이 들면서도 그걸 좀더 저이가 일찍 알았으면 시행착오를 덜 겪었을 텐데 싶어 안타깝다. 그럴 때의 심사위원 평은 그 분야를 모르는 내가 들어도 대부분 수긍이 가는 말이다. 누가 봐도 같은 생각을 하게 되는데 정작 본인은 처음 듣는다는 듯 화들짝 놀라는 게 우리 삶의 서러운 포인트 같다. 자기 문제를 남이 먼저 알고 본인은 나중에야 깨닫게 된다는 사실.

방송에서뿐 아니다. 긴장하거나 방향 설정을 잘못해서 실력 발휘를 못하는 직장 동료들을 많이 봤다. 항상 바빠 보이지만 인정과 성과는 그에 비해 적은 이도, 중간에 한번이라도 동료나 상사에게 물어봤으면 수월해졌을 일을 굳이 혼자 붙잡고 있다 문제를 키우는 후배도 있었다. 유지할수록 마이

너스가 되는 인간 관계를 놓지 못해 괴로워하는 경우도 흔했다. 서른이 넘어서도 부모에게서 정서적으로 독립하지 못한 사람, 충분히 매력적임에도 자존감이 낮고 연애 상대를 만나보면 '왜 이런 사람과……' 고개를 갸웃거리게 하는 사람. 그런 사람들을 자꾸만 마음에 품게 되고 말을 걸고 싶어지는 이유는 결국 그들에게서 과거의 내 모습을 발견하기 때문일 것이다.

어릴 때 내 주변에는 어른이나 선배라 할 사람이 부족해서 시의적절한 조언을 얻기 어려웠다. 그렇다고 돈이 많은 것도 아니어서 주어지는 기회 자체가 적었다. 처음 호텔 뷔페에 간 사람처럼, 언제 또 올지 모르니 여기 있는 걸 다 먹을 거라 벼르면서도 정작 첫 접시에 김밥과 탕수육을 담는 사람이 나였다. 이러저러하게 해보라 가르쳐줄 사람이 없고 당장 눈앞의 해야 할 일만 해치우기도 버거우니까 자꾸 억울해졌다. 더 기회를 얻을 수 있다면 잘할 수 있었는데, 누가 조금만 알려줬더라면 덜 실수했을 텐데 그때는 그저 내가 부족해서 안 되는 거라고 생각했다. 애쓰고 자책하다가 나가떨어지면 그제야 애매모호한 표정으로 이렇게 말하는 어른이 나타나곤 했다. "그거 원래 이렇게 하면 되는 건데 몰랐구나." "열심히는 하는데 요령이 좀 없네."

그 요령이라는 거 대체 뭘까? 선배들이 팔짱을 끼고 있다가 뒤늦게 말해주는 기술 중에는 동의할 수 없는 편법이나 부적절한 처세술도 많았지만 살면서 두고두고 도움이 된 말도 많았다. 그러니까 누군가는 이런 걸 처음부터 알고 시작했단 말이지. 특히 핵심에 집중하고 일을 효율적으로 하는 데 필요한 현실적인 요령이 요긴했다. 몰라서 못하는 것과 알지만 안 하는 건 다르니까 일단은 알아두려고 힘썼다. 눈치로 알아채기도 했고 책에서 찾아내기도 했고 선배들이 미리 검증을 끝내서 전승되고 있는 실천과 루틴을 적극적으로 추려서 활용했다.

예컨대 출근하면 제일 먼저 그날 할일을 포스트잇에 중요도순으로 적어 잘 보이게 두고 순서대로 해치우라는 것. 말을 자주 바꾸는 클라이언트에게는 전화 통화를 하더라도 대화 내용을 메신저나 메일을 통해 한 번 더 정리해주라는 것. 자신에 대해 생각하는 건 좋은 일이지만 거기에만 함몰되면 비하와 연민으로 빠지기 쉬우니 마음이 복잡할 땐 몸도 함께 움직여 적당한 비율을 유지하라는 것 등등.

많은 독자들이 사랑해준 전작 『무례한 사람에게 웃으며 대처하는 법』은 주눅들어 있는 사회초년생에게 자기를 적절히 표현하는 방법을 배우고 일단 안전거리부터 확보하자고 말을 거는 책이었다. 그렇다면 상처를 덜 받을 수 있는 거리를 설정한 다음에는 어떻게 해야 할까? 이 책에서는 바로 그 다음 스텝에서 시도할 만한 일들에 대해 말하고 있다. 우리는 영원히 막내일 수 없으니 가진 걸 지키고만 서 있을 수 없고 조심스럽게 영토를 넓혀가야 한다. 나이가 들면서 상처받은 만큼 상처를 주게 되고 아는 것이 많아지는 만큼 겁을 내게 되어 새로운 시도 앞에서 자주 무력해진다. 그럴 때 참고할 만한 어른스러운 태도와 감정 관리의 매뉴얼을 모았다.

이 책은 당신이 초행길에서 덜 헤매기를 바라는 마음으로 썼다. 물론 헤매는 과정 자체에 의미가 있고 어떤 난관도 돌이켜보면 불필요했다고만은 말할 수 없다는 사실을 안다. 그러나 대부분의 사람들, 기회 자체가 한정적이고 이끌어줄 사람이 많지 않은 이들에게 고난이란 자신을 성장시키기보다 납작하게 하는 경우가 더 많다는 것도 잘 알고 있다. 고생 끝에 낙이 오고 젊어서 고생은 사서도 한다지만, 이 시대에 그건 극소수 생존자만 회고하며 하는 말이고 대부분은 기약 없이 고생하다 자신을 미워하고 목소리 내는 법을 잊어버린다. 미처 못 본 함정은 어디서든 튀어나오니 일단 잘 아는 부비트랩의 위치부터 알려주고 싶은 마음을 담았다.

관계를 이어가며 오래 사랑하는 법, 나를 힘들게 하는 상대와 확실하게 멀어지는 법, 불쑥 올라오는 질투심을 관리하는 법, 가족 안에서 적정 거리를 유지하는 법, 직장에서 중간 관리자가 되었을 때를 연습하는 법 등 미리 알았다면 더 빨리, 덜 힘들이고 나아갈 수 있는 태도와 기술에 대해 썼다. 그동안 삶의 난도가 높아졌다고 여겨질 때마다 적용했고 실제로 도움받았던 생활의 요령에 대해서 썼다. 예전의 내가 그랬듯 누군가에게도 막막한 순간에 꼭 필요한 말이 되기를 바라면서. 그럴싸한 뒷배경이 없는 사람이라도 지치지 않고 오래 걷기를 희망한다. 가능하면 너무 그늘지지 않은 평평한 대로의 안쪽에서. 더 욕심을 부리자면 서로가 서로의 배경이 되어주기도 하면서.

2021년 3월

정문정

1부

이유 없이 싫은 것에는
상처가 묻어 있다

진짜라고
믿고 싶은
나만의 부적

고등학교를 졸업하고 3월을 기다리며 나는 들떠 있었다. 그전부터 뭔가를 하고 싶어하면 어른들이 항상 말했으니까. "그런 건 대학에 가면 다 할 수 있어." 이 말이 틀렸다는 걸 깨닫는 데는 오래 걸리지 않았다. 대학에 가서 달라진 거라곤 마음대로 술을 마실 수 있게 된 정도?

스무 살이 되면 무엇이든 할 수 있는 기회와 자유가 생긴다고 했지만 그건 사실이 아니었다. 어차피 돈이 없어서 할 수 있는 게 없었다. 무엇이든 할 수 있을 거라고 들어왔는데 정작 아무것도 될 수 없을 듯해 두려웠다.

자본주의 사회에서 무언가를 경험한다는 건 그와 관련된 상품을 소비한다는 말이기도 하니, 다들 그렇게나 권장해 마지않는 연애도 여행도 어학연수도 토익 공부도 결국 돈이 있어야 되는 것이다. 그놈의 돈, 돈, 돈.

돈 벌며 학교에 다니고 스펙도 쌓으려면 비교적 덜 중요한 것을 포기해야 했다. 가난하면 포기에 익숙해지기 때문에 수면 시간과 새 옷 같은 건 포기해도 괜찮았다. 동아리 가입을 포기했고 '과 생활'이라 불리는 학과 선후배 모임에도 나가지 않았다. 한번 술자리를 가지면 몇만 원은 우습게 깨지는데 다른 사람들은 어떻게 그 큰돈을 척척 내는지 의아했다.

그때 나는 세상에 화가 나 있었다. 다른 사람들이 쉽게 가지는 것처럼 보이는 걸 나는 죽어라 노력해야 가질 수 있어서 화가 났고, "넌 너무 팍팍해 보여. 좀 마음에 여유를 갖고 살아봐"같이 상황도 모르면서 지적하는 사람들에게 화가 나 있었다.

나는 글이 쓰고 싶었다. 당장 등단을 하지 못하더라도 계속해서 글 쓰는 일을 하고 싶었다. 글쓰기 연습을 하면서 돈도 벌려면 기자가 되는 게 최선이겠다는 생각이 들었다. 그러나 어른들 눈에 나는 세상물정 모르는 이상주의자였다.

어른들은 충고했다. 물론 그들의 충고에도 일리가 없는 건 아니었다. 어떤 면에서는 사실에 근거한 말이기도 했으니까. "지방에서 대학 나와 기자가 되긴 어려워" "기자 준비하려면 돈이 얼마나 많이 드는지 아니?" "어차피 여자는 최종 면접에서 떨어져" "그저 공무원이나 선생님 하는 게 최고야" 등등.

그런 말들을 듣다보니 정말로 그렇게 느껴졌다. 그 말들은 '현실적 조언'과 '선의'라는 이름으로 포장되어 교묘하고 치밀하게 반복되었다. 나는 자주 부끄럽고 비참해졌다. 대학원은 돈이 많이 든다는 소리에 일찌감치 포기했지만 글쓰기는 포기하고 싶지 않았다. '내 주제에 무슨……' 같은 생각이 문득문득 들었지만 그것만은 정말이지 포기하고 싶지 않았다.

우왕좌왕하던 나를 잡아준 건 한 수업에서 교수님이 해준 말이었다. 그분은 내가 수업 때 과제로 제출했던 에세이를 가져와 사람들 앞에서 읽어주었다. 다 읽은 후 글이 참 좋다, 하더니 "네 글에는 사람 마음을 두드리는 뭔가가 있어. 앞으로도 계속 글을 쓰렴" 하고 덧붙였다. 찰칵, 그 말은 사진처럼 찍혀서 오래 남았다. 사라질세라 그 순간을 잡아 마음에 담고 단단히 꿰매었다. 그건 한동안 부적이 되어 부정적인 말들로부터 나를 지켜주었다.

그 말의 효력이 약해질 때쯤 부적으로 삼았던 또다른 말은 소설가 김연수의 「비에도 지지 말고 바람에도 지지 말고」라는 단편소설 속 문장들이었다. 고아원 출신인 태식은 돈을 벌어 검정고시를 본 뒤에 언젠가는 대학에 꼭 갈 거라고 다짐하며 친구에게 이렇게 말한다.

> 너도 다시는 체력 단련 끝나고 〈캔디〉 같은 노래 부르지 마라. 애꿎은 사람 눈물 흘리게 하지 말란 말이라. 매 맞는 거 참는 거는 노예들이나 하는 짓이다. 참고 참고 또 참지 말고 니가 원하는 사람이 돼라. 니가 원하는 대로 꼭 과학자 돼라. 나도 내가 원하는 대로 꼭 과학자 될 끼다. 그래갖꼬 담임한테 매 안 맞고도 훌륭한 사람 될 수 있다 카는 거를 보여줘야 한다.[1]

스무 살이 되면 주변의 어른부터, 심지어 한 살 터울의 선배들까지 '현실을 가르쳐준다'며 이런저런 충고를 시작할 것이다. 그럴 때 함부로 포기하면 안 된다. "그래가지고 사회 생활 하겠어?" "다른 사람들도 다 이렇게 살아" 같은 말을 진짜로 믿어버리면 앞으로 나아갈 수 없다.

그러니 듣고 싶은 말들을 최대한 수집하기를. 어른이 된다는 건 자신만의 관점을 가지고 그에 어울리는 선택을 해나가는 일인데, 이 레이스는 너무 혹독해서 처음에는 호기롭게 시작했어도 어느새 남들 사이에 묻혀 편하게 갈 궁리를 하게 된다. 둘러가더라도 목적지는 잊지 않으려면 언젠가 한번쯤

들었던 호의의 말, 진짜라고 믿고 싶은 말을 눈에 띄는 곳에 두어야 한다. 긍정의 말들로 채워진 부적을 많이 지닌 사람들에겐 자기 선택을 믿는 일이 한결 쉬우니까. 말의 부적을 많이 챙겨 효험을 본 뒤에는 다음에 출발할 후배들에게도 말의 부적을 아낌없이 나눠주면 좋겠다.

가난하면서 관대하기란 얼마나 어려운가

가난하면서 남에게 관대하기란 얼마나 어려운가. 어릴 때 나는 여유 있어 보이는 이를 자주 질투했고, 그 부러움을 미워하는 마음으로 대강 덮었다. 취향이 없다는 걸 들킬까봐 다른 사람들의 취향을 낭비일 뿐이라고 무시하려 애썼다. 그렇게 쌓인 '신 포도'들에 걸려 자주 넘어졌다.

가난하면서 물욕이 없기란 얼마나 어려운가. 가난한 이들은 가진 게 별로 없어서 언제나 사야 할 게 남아 있다. 이들이 사도 사도 살 것이 많다고 느끼는 이유는 싸게 산 물건들이 질이 좋지 않아 오래 못 쓰기에 다시, 자주 사야 하기 때문이다.

가난하면서 솔직하기란 얼마나 어려운가. 보고 싶은데 내가 먼저 보자고 하면 밥을 사야 할 것 같아 그러지 못했다. 친구들과 놀러 가고 싶은데 경비가 없단 말을 하는 게 이상해 보일까봐 바쁜 척했다. 유행인 옷을 사고 싶었지만 그러지 못해서 관심 없는 척을 했다. 이 모든 말을, 지금은 그렇지 않으니 솔직하게 할 수 있지만 그땐 돈이 없다는 걸 들키느니 관계를 잃는 게 차라리 낫다고 생각했다.

가난하면서 자기 주관으로 결단하기란 얼마나 어려운가. 후회 없는 결정은 실패해도 괜찮고 실제 경험치도 많을 때, 마음과 시간에 여유가 있을 때 내릴 수 있는 것이다. 스스로 옷을 골라본 경험이 거의 없는데 어떻게 자기에게 어울리는 스타일을 확신할 수 있을까. 일 년에 영화를 한 편만 볼 수 있는데 어떻게 독립영화를 볼 수 있을까. '이번 아니면 끝'이라 생각하면 안전한 선택만 하게 되지만 '아니면 말고' 식으로 넘길 수 있다면 도전적인 결심도 할 수 있다.

이들의 쇼핑 사이트 장바구니에는 혹시 더 싼 것이 나올까봐 보류해놓은 아이템들과 최저가를 갱신할 때마다 업데이트되는 상품 목록들로 가득하다. 선택지가 너무 많아지니 위시리스트에 물건이 쌓일수록 정작 결제 단계로 가기가 어렵다. 이들은 열 시간을 투자해서 가장 싼 제품을 사는 것이 합리적 소비라 생각하지만, 십 분을 투자해서 정가에 제품을 사고 나머지 시간은 다른 일에 쓰는 것이 더 합리적인 소비일 수 있다. 부자인 이들은 돈을 써서 시간을 아끼는데, 가난한 이들은 시간을 써서 돈을 아낀다. 그러니 가난할수록 더 바쁘다.

가성비만을 기준으로 하는 환경에서 자라는 아이들은 부모에게 손 벌리지 않고 당장 적은 돈이나마 빨리 버는 것이 미덕이라 여기게 된다. 이런 압박감을 느끼며 자란 아이들은 무언가를 원할 때 과한 죄책감을 느낀다. 그 기준을 두고 보면 김밥은 괜찮지만 마카롱은 사치품이다. 여행이나 유학을 간다는 것도 상상할 수 없다. 현재를 견디는 데 급급하면 미래를 위해 투자한다는 개념을 갖기가 어려워서 언제나 같은 자리에 머무른다.

지갑이 가난해지면 높은 확률로 마음도 가난해진다. 나는 취업 후 성격 좋다는 말을 듣기 시작했다. 밥을 얻어먹으면 후식은 내가 살 수도 있고, 내가 먼저 연락해서 밥을 살 수도 있게 되었다. 다른 사람들이 돈이나 시간 낭비처럼 보이는 선택을 하는 걸 봐도 더이상 바보 같다고 여기지 않게 되었다. 인간은 항상 합리적인 선택만을 내릴 수 없고, 세상의 가치 있는 일 대부분은 가성비로만 따졌을 때 효율이 낮다. '결국 다 똑같지, 뭐'라고 세상을 뭉개서 보지 않고 그 안의 디테

일을 보게 되자 열린 마음으로 이것저것 시도해보게 되었고, 취향도 생겨났다.

나였던, 나일 수도 있었던 이가 아직 세상에 너무 많다. 돈을 미워하다 자기 자신을 미워하고 세상을 미워하게 되는 사람들. 하루하루 열심히 살아도 원하는 삶을 살기에 까마득한 사람들.

꿈꾸기보다 포기하는 데 더 익숙해진 청년들을 돕기 위해 서울시에서는 2016년부터 미취업 청년 신청자에게 매월 50만 원씩 청년수당을 지급하고 있다. 참여자들의 절반 가까이가 이 덕분에 취업, 창업, 창작 활동을 할 수 있었고 일자리를 찾는 데 큰 도움이 되었다고 답했다.

2016년부터 고려대는 국내 대학 중 최초로 성적장학금을 폐지하고 저소득층 학생 지원을 늘렸다. 가정에서 지원을 받는 학생이 공부에만 전념할 수 있어 높은 성적을 받는 동안, 저소득층 학생은 학비 마련을 위해 학업에 전념하지 못하다 보니 성적장학금을 받지 못하는 악순환이 계속된다는 문제의식에서다. 저소득층 학생을 위한 장학금 지원 확대와 관련해 고려대 법학전문대학원 박경신 교수는 이렇게 말한 바 있다.

> 미국 아이비리그나 최고 공립대학들도 모두 성적장학금을 폐지했다. 거의 100퍼센트 저소득층 장학금이다. 덕분에 이런 곳 합격만 하면 저소득층인 사람도 등록금, 생활비 걱정 없이 학교를 마칠 수 있다. 나도 수혜자 중 한 명이었다. 아니 그게 없었다면 학교를 마치지 못했을 것이다. 고려대에 와서도 학부 가르칠 때는 알바 때문에 수업 시간에 결석하거나 자고 있는 학생들에게 어쩔 수 없이 F를 줄 때 정말 가슴 찢어졌다.[2]

민간연구소 LAP2050은 한국의 모든 사람에게 최소한의 생활비를 지급하는 '기본소득제'를 제안했다. 유럽에서는 여기서 더 나아가 '보편적 자본 지원'을 활발히 논의한다. 파리경제대 교수 토마 피케티는 최근작 『자본과 이데올로기』에서 국가가 청년들에게 종잣돈을 제공하는 방안을 내놓았다. 만 25세가 되면 프랑스 성인 평균 자산의 60퍼센트인 12만 유로(약 1억 6000만 원)의 기본자산을 청년에게 일괄 지급하자는 것이다.

이처럼 사람들에게 최소한의 소득을 지원하는 건 적선이 아니다. 부자들이 그동안 사재기해왔던 시간과 기회를 나눠 갖는 것이다. 보다 공평해지자는 것이다. 드라마 〈쌈 마이웨이〉에는 이런 대사가 나온다. 면접관이 아나운서를 꿈꾸는 애라의 부족한 스펙을 지적하는 상황에서다.

"저 친구들이 유학 가고 대학원 가고 해외 봉사 가고 그럴 때 뭐했어요? 열정은 혈기가 아니라 스펙으로 증명하는 거죠." 그러자 애라는 답한다. "저는 돈 벌었습니다." 면접을 망친 뒤 그는 혼잣말한다. "우리는 항상 시간이 없었다. 남보다 일찍 일어나고 남보다 늦게 자는데도 시간이 없었다. 누구보다 빡세게 살았는데."

원하는 것을 하기 위해 돈을 벌지 않아도 되면 그만큼의 시간이 생겨난다. 생활비가 확보되면 도전에 실패해도 훌훌 털고 다시 새로운 것을 시도해볼 수 있는 기회가 늘어난다. 무언가를 하기 위해 돈부터 벌어두고 시작하지 않아도 될 때 추진력은 강해지며 '어떻게'가 아니라 '언제'만을 고민한 후 바로 시작해볼 수 있을 때 모험심이 왕성해진다. 돈 있는 이가 그 덕에 쉽게 가지게 된 자신의 장점과 경험을 자랑하는 걸 볼 때마다 서글프다. 그 간극을 어떻게든 메워보려고 가난한 이들이 가장 먼저 줄이는 것은 먹는 비용과 잠자는 시간이다. 안타깝게도 이렇게 혹사당했던 몸은 시간이 흘러 반드시 크고 작은 고장을 내며 자신을 돌보지 않은 주인에게 보복하고야 만다. 출발점에서의 불평등을 줄이려는 지원이 많아져야 불운했던 이들도 여분의 마음이 생겨 스스로를 미워하거나 남을 무작정 비난하는 일을 멈추게 될 것이다. 사람의 존엄과 성장은, 단순히 살아남기 외에 다른 목표를 얼마나 많이 세울 수 있느냐에 달려 있다. 영화 〈노예 12년〉에는 이런 대사가 나온다.

"나는 단지 목숨을 이어가고 싶지 않소. 인간다운 삶을 원할 뿐이지I don't want to survive. I want to live."

부모님이 무례한 사람이면 어쩌죠?

전작 『무례한 사람에게 웃으며 대처하는 법』을 출간한 뒤 독자와의 만남을 몇 번 가졌다. 마지막 순서로 독자에게 질문을 받는 시간이 있는데, 그때마다 빠지지 않는 질문이 있었다. "제 부모님이 바로 무례한 사람이에요. 다른 사람이면 안 보고 살겠는데, 부모님이 무례하면 어떻게 해야 하나요?" 그 질문을 하는 이들은 대개 이십대였고, 나 또한 부모님과의 관계로 많이 힘들어했던 기억이 났다.

결혼한 지 얼마 안 되었을 때 남편과 함께 대구에 사는 나의 부모님 댁에 간 적 있다. 그때 우리는 일본에서 사온 고급 과자를 가져갔다. 아빠는 과자 한 봉지를 뜯어 맛본 후, 뜯지 않은 과자 한 봉지를 들고 동생 방으로 갔다. 방문을 여니 동생이 방바닥에 누워 있었다. 아빠는 동생 얼굴에 과자를 던지고 문을 쾅 닫았다. 그 모습을 본 남편이 놀라서 내게 귓속말로 아빠가 왜 갑자기 화를 내시는 거냐고 물었다. 나는 아빠의 그런 모습이 익숙했기에 그걸 보고 놀라는 남편에게 더 깜짝 놀랐다. "화내는 거 아닌데. 그냥 아빠가 동생 챙기려고 그러는 거잖아." "근데 얼굴에 던지셔? 처남이 상처받았겠는데."

나의 부모님은 그런 사람들이다. 부드러운 표현 방식을 몰라 항상 오해를 사는 사람들. 좋은 일이 생기면 자기 몫이 아닌 것 같아 불안해하고, 나쁜 일이 생기면 한편으로 안도하는 사람들. 피해의식이 크고 부정적인 성향이라 잘못될 것부터 걱정한다.

어릴 때 나는 글쓰기로 자주 상을 받았다. 처음 전국 단위에서 상을 받았을 때 아빠는 말했다. "소가 뒷걸음질쳐서 쥐 잡은 격이네."

엄마와 아빠는 자주 싸웠는데, 유년 시절을 생각하면 그런 부모님 사이를 울며불며 막아서던 기억이 가장 먼저 떠오른다. 부모님은 언니나 남동생에게 하는 것과는 달리 내겐 무관심했다. 초중고를 다닐 동안 학교에 한 번도 온 적 없고 성적표를 본 일도 없다. 담임선생님이 진로상담 때문에 집에 전화했을 때 엄마가 너무 차갑게 끊어서 선생님이 나를 불러 친어머니가 아니냐고 물은 적조차 있다. 이유를 물으면 부모님은 이렇게 말했다. "넌 알아서 잘하잖아." 충격을 받게 하고 싶어서 사흘 동안 가출을 하고 돌아왔는데 가출했는지도 모르기에 내가 더 충격을 받아 다시는 가출하지 않았다.

친구들을 만나면 부모에게 상처받은 이야기를 자주 했다. 나는 중학교 때부터 연애를 시작했는데 부모에게 못 받은 관심을 애인에게는 받을 수 있어 그 관계에 더욱 매달렸다. 부모에 대한 원망이 커질수록 부작용이 커져갔다. 못 받은 사랑을 대체하려다보니 연애를 할 땐 자꾸 내게 집착하는 사람에게 끌렸다. 무언가를 포기하고 싶을 땐 합당한 이유를 찾다가 언제나 부모를 떠올렸다. 부모 때문에 나는 문제가 많은 사람이 되었고, 그러니 실패하는 게 당연하다고. 부모에 대한 미움이 나에 대한 미움으로 옮겨가고 있었다.

스무 살이 되면서 이젠 부모 탓을 그만하자고, 정서적으로 부모와 결별하자고 다짐했다. 마음의 결핍을 해결하고 싶어 심리학 관련 책을 많이 읽었고, 특히 사회학과에 입학해 가족사회학 공부를 한 것이 도움이 많이 되었다.

사회학은 기본적으로 사람과 조직에 거리를 두고 관찰하는 학문이다. 가족 관계에 대한 다양한 케이스를 접하며 역사적으로 이상적인 가족상이 어떻게 변화해왔는지 알아보았더니 현대의 '정상가족' 형태도 그리 오래되지 않은 것이었다. 어린아이가 환대받는 문화는 20세기에 들어서야 점차 확립되었다. 각종 미디어에서는 부모의 헌신을 과도하게 추켜세우고 화목한 가정의 모습을 자주 보여주지만, 이처럼 정상가족의 이상향을 설정해놓고 강조하는 분위기 속에서 상처받은 사람은 나뿐만이 아니라는 것도 알게 되었다.

자식을 낳는다고 사람이 저절로 성숙해지지는 않는다. 주변을 둘러보라. 아이에게 정말 좋은 부모가 될 것 같은 사람이 몇이나 되는가. 보통의 미숙한 사람들이 아이를 낳는다. 육아 스트레스를 아이에게 풀기도 하며, 자식들을 차별하기도 한다.

대학 때 한 잡지에서 어느 어머니의 인터뷰를 보았다. "열 손가락 깨물어서 안 아픈 손가락이 없는 건 맞아요. 그런데 분명히 더 아픈 손가락과 덜 아픈 손가락은 있죠." 그렇구나! 그날 이후 나를 붙잡고 있던 희뿌연 것들이 사라졌다. 부모는 공평하고 대단한 존재여야 한다고 생각해서 그동안 그렇게 힘들었던 것이다.

취준생이거나 각종 시험 준비를 하는 자녀에게 "그것밖에 못하니. 네가 창피하다"고 말하는 부모들을 많이 보았다. 자녀를 통해 자신의 존재를 확인하려는 부모에게 내세울 것 없는 자식은 고민스러운 존재이기 마련이다.

하지만 부모는 자식을 영원히 포기하지 못한다. 부모 눈에 자식은 항상 어리고 가능성이 충분해 조금만 더 하면 잘될 것 같으니까, 충격 요법을 주어서라도 자녀가 바뀌었으면 좋겠다는 마음으로 자꾸 이렇게 저렇게 상처 주는 것이다. 이런 말을 듣게 되더라도 최대한 객관적으로 거리를 둘 줄도 알아야 한다. 모든 말을 귀담아들으려 하면 상처받거나 필시 싸우게 된다.

부모에 대한 이상을 버리고 인간 대 인간으로 마주할 것. 적당한 마음의 거리를 둘 것. 반드시 따로 나가 살면서 경제적으로 독립할 것. 부모에 대한 원망이 스스로에 대한 미움으로 번지지 않도록 노력할 것. 이 네 가지를 마음에 두면서 나의 상태도, 부모와의 관계도 좋아졌다.

많은 사람들이 누군가를 미워하다가 그렇게 미워했던 사람의 모습을 닮아간다. 부모를 원망하고 미워하다가도 부모와 같은 행동을 하는 자신을 발견하며 놀라는 경우도 많다. 완벽한 부모는 없고 어떤 부모는 폭력적이다. 그러나 부모를 내 불행의 근본 원인으로 삼으면 내 삶도 나빠질 수밖에 없다. 불행의 고리를 끊기 위해서 부모는 그들의 인생을 살게 하고, 나는 나의 인생을 살자. 부모와의 오랜 투쟁에서 내가 깨달은 가장 확실한 답은 이것뿐이다.

몰라서
싫어하는 걸 수도
있으니까

내 인스타그램 아이디는 'okdom'으로 시작한다. 오케이, 돔이 아니라 옥돔이다. 생선 옥돔의 영어식 표기로 예로부터 제주에서는 가게에 가 "생선 있어요?" 물으면 옥돔을 꺼내주었다고 한다. 그만큼 옥돔이 그쪽 업계에서는 대장 취급을 받는다는 뜻이다. 제주 사람들의 제사상에 옥돔구이는 필수고 생일이면 미역국에 옥돔 살을 발라 넣는다니 특별한 날마다 꼭 함께하는 고급 생선인 것이다. 옥돔이 수산물계에서 특급 대우를 받듯 나 또한 작가로서 출판계에서 한자리 차지하자는 뜻에서 아이디를 그렇게 지었다…… 라는 건 뻥이고 옥돔에 얽힌 이야기를 하려면 십 년 전 겨울로 거슬러가야 한다.

2010년 겨울에 회사 워크숍으로 처음 제주도에 가봤다. 이박 삼일의 일정 동안 성산일출봉, 오설록 티뮤지엄, 섭지코지 등 주요 명소에 갔고 멜젓에 찍어 먹는 삼겹살과 전복돌솥밥 등 관광객이라면 으레 먹을 법한 메뉴도 섭렵했다. 갈치조림을 먹으러 들어간 식당에서 직장 상사가 제주에 왔으니 먹어보라며 옥돔구이를 추가 주문했다. 바다를 끼지 않은 동네에서 나고 자라 그런지 옥돔이라는 이름 자체가 생소했다. 메뉴판에 적힌 옥돔구이의 가격은 2만 5000원이었는데, 나는 그 가격이 정식이 아니라 단품 기준이라는 것에 충격을 받았고, 두 마리도 아니고 딸랑 한 마리 나온다는 데 두번째 충격을 받았다.

뽀얀 살에 분홍색 껍질이 있는 옥돔구이는 고등어나 갈치구이의 비주얼과는 뭔가 달랐다. 고소한 참기름 냄새도 풍겼다. 한입 뜯어 맛보니 부드럽고 촉촉한데 쫀득하기도 하면서 생선구이에서 날 법한 비린내가 일 밀리그램도 느껴지지 않아서 어안이 벙벙했다. 세상에 이렇게 맛있는 음식이 있다는 걸 모르고 살아왔네. 다른 사람들과 나눠 먹어야 하는 메뉴라 마음껏 덤벼들지 못하고 넋 나간 채 감탄사만 연발하고 있으니 상사가 그렇게 맛있으면 혼자 다 먹으라고 내 앞으로 한 마리를 더 시켜주었다.

첫눈에 반해버린 생선의 살을 음미하며 새삼스레 돈을 열심히 벌어야겠다고 다짐했다. 이 맛을 모르고 살았던 이유는 이 음식이 비싸서인데, 비싸도 뭔가 먹고 싶을 때 참지 않을 수 있는 사람이 되고 싶다고도 생각했다. 그날 이후 제주도는 내게 옥돔구이 먹으러 가는 곳이 되었는데, 이때의 충격은 미식에 대한 내 기준을 바꾸어놓았다. 그간 내가 가졌던 죄책감을 마주하는 계기도 되었다. 나는 그때까지 먹는 데 돈을 많이 쓰는 건 탐욕이고 현명하지 못한 행동이라고만 여겼었다.

어린 시절, 뭔가를 살 때는 '꼭 필요한 것과 안 사도 큰 지장 없는 것'을 구분하라고 배웠다. 방송인 유병재가 어릴 적 부모님께 무언가 사달라고 하면 "그거 안 하면 죽냐?"는 말이 돌아왔다며 그 기준에 맞춰 살 수 있는 건 쌀밖에 없지 않느냐고 항변해 웃프게 공감했던 적이 있다. 이런 분위기에서 자라난 아이들은 자연스럽게 경험보다 물질적 소유를 중시하게 된다. 옷이나 신발, 사무용품이나 참고서같이 반드시 필요한 물품만 사는 데도 빠듯하니 당장 손에 잡히지 않는 경험에는 가성비와 대체품을 따져 돈을 최대한 아끼게 된다.

경험을 소비하는 대표적인 사례가 미식과 여행이다. 비싼 음식을 먹거나 어딘가로 여행을 떠나면 당장은 좋아도 남는 게 없으며, '그 돈이면 차라리 ○○을 할 수 있다'는 계산부터 하는 게 그때 나와 내 주변의 상식이었다. 돈이 없을 땐 당연한 수순으로 식대부터 줄였다. 그때 또 자주 들었던 말 중 하나가 '입에 들어가면 결국 다 똑같다'는 것이었다. 비슷한 음식을 5000원이면 먹을 수 있는데 만 원에 먹는 건 바보고, 미식가도 아니면서 비싼 음식을 먹는 건 허세라고 생각했다.

문제는 그런 멍청이나 허세꾼이 되지 않으려고 애쓰다보니 항상 비슷한 맛, 익숙한 맛만 찾게 된다는 거였다. 내가 알고 있다고 생각하는 맛은 대부분 학교 급식이 기준이었는데, 그 경험만으로 나는 어떤 음식을 좋아하거나 싫어한다고 결론내렸다. 급식실에 앉아 생선구이를 먹으며 생선을 좋아하게 된 사람은 별로 없을 것이다. 나 또한 그랬기에 오랫동안 생선구이를 싫어해왔다. 생선요리는 원래 다 비린 줄 알았으니까.

옥돔구이를 만난 후 나는 무엇에 관해서든 "결국 다 똑같다" "그게 그거다" 같은 말을 하지 않게 됐다. 예를 들어 같은 고등어구이라도 식당마다 맛이 천차만별이고 요리는 맛이 전부가 아니라 분위기도 함께 소비하는 것인데 일괄적인 기준을 적용해 가성비만 따질 수 없다. 해봤자 별거 없으리라 믿어버리면 어렴풋이 알다가 영원히 모르게 되고, 이로써 아직 경험할 여지가 있는 세상의 많은 부분이 사라지고 만다. 잘 모르면서 알아보려 하지도 않고 싫어한다고 말하는 태도, 막연히 해봤자 별것 없을 거라고 속단하는 습관. "그거 먹을 돈이면 국밥을 몇 그릇 더 사먹지" 같은 태도가 사고를 지배하게 되면 자신처럼 '합리적으로' 행동하지 않는 사람들이 답답해 보이기까지 하지만 세상에는 열두 가지 색 크레파스만으로 칠하기에는 너무나 다양한 풍경이 있는 법이다.

카레와 커리의 맛이 다르듯, 세상은 자세히 알고 나서는 절대 똑같다고 말할 수 없는 것들로 이루어져 있다. 다른 사람들이 모르는 것도 알아차릴 정도로 안목이 생길 때 나만의 특기가 생겨나기 시작하고, 취향이란 그런 특기 있는 분야를 통해 자신이 무엇을 좋아하고 싫어하는지를 알아가면서 나다움에 더 가까워지는 일이기도 하다. 결국 전문가란 더 많이 경험한 사람이고, 그 덕에 남들보다 더 많이 알게 된 사람이고, 남들이 못 보는 것을 짚어주는 사람이 아닌가.

한 발짝 더 깊이 음미해보지 않으면 섬세한 차이를 영원히 알 수 없고, 차이에 무감해지기 시작하면 인생이 단조로워진다. 우선순위를 정해 최소한 자기가 좋아하는 분야에 있어서만은 형편이 되는 한 적극 체험해보면 좋겠다.

막연한 짐작이 아닌 나의 실감으로 판단하는 경험이 쌓여

갈 때 우리는 자신에 대해 더 잘 알게 되고 나라는 사람을 잘 다루는 법도 알아간다. 경험해보지도 않고 좋아한다거나 싫어한다고 단정하지 않기, 의견과 편견을 구분하기, 다른 사람들의 경험이 이해되지 않더라도 악한 짓만 아니라면 비난하지 않고 다만 궁금히 여기기. 이런 노력을 통해 제대로 좋아하고 분명하게 싫어하고 싶다. 깊어지고 넓어지며 자주 감탄하기 위해서.

간절했던 마음이 끝날 때
스스로에게 이렇게 물어보면
자신을 이해하고 과거의 나와 화해하는 데
도움이 될 것이다.
'그때 나는 삶을 견디기 위해서
무엇이 절실했던 걸까?'

현실을 견디는 데
필요한
비현실적 현실

서울 생활을 십 년 넘게 했는데도 여전히 겨울이 되면 내가 뼛속까지 남쪽 사람이라는 걸 실감한다. 같은 계절이어도 고향에 갔다가 서울로 돌아올 때는 나올 때부터 옷을 한 겹 더 입는다. 대구에서 출발한 기차를 타고 서울역에 도착했던 그 겨울도 유난히 추웠다. 전 재산 50만 원을 갖고 캐리어 하나를 끌며 신촌의 고시원으로 가는 내내 얼마나 달달 떨었던지.

그렇게 서울에서의 생활을 갓 시작한 때를 떠올리면 어떤 표정을 지어야 할지 몰라 어정쩡하게 서 있던 모습이 생각난다. 한 예능 프로그램을 볼 때였다. 어느 연예인이 지각을 해서 다른 이들이 전화를 걸어 독촉하는 상황이었다. 어딘지를 밝히지 않고 자꾸만 다 왔다고만 하던 이에게 도대체 어디쯤이냐고 독촉하자 이런 대답이 돌아왔다. "음…… 사실 여기 잠실이야." 그러자 다른 이들이 "아니 여의도에 와야 하는 사람이 아직도 잠실이라고?" 하며 분통을 터뜨렸고 그 위로 시청자들의 웃음소리가 삽입되었다. 나를 쏙 빼놓고 사람들이 웃고 있고, 나는 그 농담이 왜 웃긴지 몰래 검색해야 했던, 뒤늦게 알은체하며 웃으려고 하니 다른 사람들은 이미 또 내가 모르는 이야기로 웃고 있어서 어디에도 끼지 못하고 우두커니 서 있던 서늘한 그 기분. 창밖으로 남들을 지켜보며 부러워만 하는 듯한 기분.

그 시기 우연히 다시 읽게 된 『빨간 머리 앤』은 이렇게 말하는 것처럼 여겨졌다. "네가 외롭다는 거, 난 알아." 남자아이를 원하던 마릴라와 매슈가 빨간 머리 앤을 돌려보낸 서두의 장면, 앤이 불행한 어린 시절을 견디는 방법으로 글쓰기와 공상을 찾아낸 장면, 가족 곁에 남느라 대학을 포기하면서도 길모퉁이에 무엇이 있을지는 모르지만 가장 좋은 게 있으리라 믿는 앤을 보며 내게 필요했던 말을 해주는 구원자를 찾았다.

퇴근 후엔 『빨간 머리 앤』을 읽고 영상을 보고 굿즈를 사 모으고 관련된 정보를 찾았다. 그럴 때면 잃어버린 줄도 모르고 살던 소녀의 마음이 돌아왔다. 고생 끝에 낙이 온다는데 고생만 하다 이번 생이 끝날 것 같다는 예감에 사로잡혀 있었지만 앤의 '덕후'로 사는 동안만큼은 어쩐지 세상이 공평한지도 모른다는 생각마저 들었다. 인생의 퀘스트에서는 아무리 열심히 해도 노력만으로 닿을 수 있는 곳이 여기까지밖에 안 되는 것 같은데 덕후의 길에선 비교적 공평하게 노력한 만큼의 정보를 얻을 수 있었다. 더 좋은 일이 있을 거라고, 우리 모두는 그런 기쁨을 누릴 자격이 있다고 위로받을 수 있었다.

이젠 좀 나도, 내가 좋아하는 것을 스스로 해주려고 앤의 마을을 찾아 나섰다. 『빨간 머리 앤』의 작가 루시 모드 몽고메리 여사가 살았던 곳이자 작품의 배경이 된 캐나다의 작은 섬 프린스에드워드 아일랜드에 방문할 계획을 세운 것이다. 추석과 연차를 모두 붙이니 이십 일 남짓 시간이 주어졌다. 거기에선 아침마다 양 갈래로 머리를 땋았다. 루시 모드 몽고메리 여사가 살던 집을 둘러보고, 그녀가 일했던 우체국에 가서 엽서를 부치고 결혼식을 올린 곳과 무덤에도 갔다. 앤이 먹었을 법한 라즈베리 주스와 초콜릿도 잔뜩 먹었다. 그렇게 흥청망청 지내다보니 여행 막바지에는 숙박비가 모자라서 가져간 카메라를 팔았다.

원래의 삶으로 돌아가야 할 때가 다가왔다. 열두 시간이 넘는 비행 동안 자다 깨다를 반복하다가 한국에 곧 도착한다는 안내방송을 듣자 마음이 쑤욱 내려앉았다. 앤 인형 두 개가 담긴 종이가방이 발끝에 부딪히며 바스락 소리를 냈다. 원 없이 소녀처럼 살아본 날들이었다. '그동안 너무 일찍부터 어른 흉내를 내며 사느라 지쳤었구나. 이젠 충분히 즐겼어. 현실로 돌아가자, 열심히 일하고 돈을 벌자.'

지금은 앤이 예전만큼 좋지 않다. 최근에는 또다시 읽다가 앤이 너무 말이 많고 친구에 집착해서 내가 알던 앤이 맞나 하고 갸우뚱했는데 앤이 변한 게 아니라 내가 변한 것이다. 앤의 덕후로 살던 당시 나는 외로움과 압박감에 잠식돼 가던 중이었는데, 좋아하는 것들로 가득했던 비현실을 붙잡고 현실을 지나온 것이다. 어떤 연예인이나 캐릭터에 열광하는 사람을 보면 사랑할 대상이 필요했던 과거의 내가 떠오르곤 한다.

어른의 역할을 감내하지만 진짜로 원하는 삶은 아직 오지 않았다고 느끼는 사람들에게 '덕질'이라 불리는 몰입 상태는 유용할 때가 많다. 열렬히 누군가를 좋아하다보면 듣고 싶던 말을 그들이 해주는 듯한 환상에 빠져 깊이 몰두했다가, 순간순간 현실을 자각하고, 마침내 몰입에서 벗어나는 과정을 겪는다. 그렇게 뜨거웠던 것이 시시해질 때 우리는 성장해서 돌아올 수 없는 곳으로 떠난다. 그러니 누군가의 팬이었던 역사는 저마다의 세계에 대한 투쟁기이자 성장담이기도 하다. 그러니 정작 덕후에게 중요한 질문은 '왜 입덕하였나'가 아니라 '왜 탈덕하였나'가 된다. 간절했던 마음이 끝날 때 스스로에게 이렇게 물어보면 자신을 이해하고 과거의 나와 화해하는 데 도움이 될 것이다. '그때 나는 삶을 견디기 위해서 무엇이 절실했던 걸까?'

문화적 유산을
물려받지 못한
너에게

"지금의 모습이 되는 데 부모로부터 어떤 문화적 유산을 물려받았나요?"라는 질문을 받은 적 있다. 곰곰이 생각하다 이렇게 대답했다. "유산이라고까지 할 만한 건 없는 것 같아요. 어릴 때 제 주변엔 닮고 싶은 어른이나 가르침을 주는 분이 많지 않았어요." 그러고 덧붙였다. "그래서 책을 열심히 읽었어요. 책에는 닮고 싶은 사람이 많았거든요."

그 질문을 듣자 남편 생각이 났다. 남편이라면 이 질문에 길게 답할 수 있을 테지. 남편이 남자친구이던 시절, 연애할 때 그는 종종 아버지 이야기를 꺼냈다. 부모님 존경한다는 사람을 별로 못 봐서 신기했는데 실제로 만나보니 왜 그렇게 말했는지 바로 알 것 같았다. 남자친구와 그의 아버지는 회사의 선후배가 나눌 법한 이야기를 했다. 정보 전달이나 감정적 교류가 있는 대화가 오가 놀라웠다. 특히 신기했던 건 기업에서 임원으로 재직중이던 그의 아버지가 회사 생활에 관해 디테일한 조언을 해주는 모습이었다. 막연한 '카더라' 수준이 아니라 인맥이나 논리적 근거를 바탕으로 한 조언이 신선했다. 어떤 부모는 저리 자연스럽게 자식에게 문화적 자본을 상속해주고 있네. 남편은 저 수혜가 수혜인지도 모르고 자라왔겠구나.

이 같은 차이는 연구의 대상이 되기도 했다. 미국의 심리학자 베티 하트와 토드 리슬리는 1995년 논문에서 부모의 사회경제적 배경에 따라 아이들 간에 '언어 능력 격차'가 발생한다는 것을 밝혀낸 적도 있다.[3] 부모나 주위의 어른들과 대화를 많이 하며 자란 아이들일수록 풍부한 어휘를 습득한다는 것이다. 언어적 격차뿐 아니라 문화적 경험의 격차도 상당하다. 사회학자 그레그 덩컨과 리처드 머네인의 연구에 따르면 자녀의 경험을 위해 부모가 지출하는 비용은 상위 20퍼센트 가구가 하위 20퍼센트 가구보다 열 배 많다고 한다.[4] 어떤 아이가 TV로만 비행기를 접할 때, 어떤 아이는 초등학교 입학도 전에 여권을 만든다. 아이들 사이 간극은 시간이 지날수록 더 커질 것이다.

부모와 양질의 대화를 나누지 못하는 아이들은 구체성이 소멸된 지시적 언어에 노출되기 쉽다. 부모가 자식에게 흔히 하는 "공부 열심히 해라" "좋은 회사 가라" 같은 말들엔 무게가 없다. 여기에는 '어떻게'나 '왜'에 대한 설명도, 듣는 이에 맞춤한 개별성도 없으니까. 대개의 부모는 자녀에게 좋은 것만 주려 하지만 어떤 부모는 진짜 좋은 게 뭔지 잘 모른다. 그들도 뭐가 진짜로 좋은 건지 제대로 겪어본 적 없기 때문이다. 먹고살기에도 버거워 자녀에게 깊이 있는 조언을 하기 어려운 이들에게는, 남들이 좋다고 하는 것만 자녀에게 전달하기에도 시간이 부족하다.

이처럼 어른들이 자녀에게 하는 '조언'이 영향력 없는 이유는 맞춤식이 아니기 때문이기도 하지만, 일단 본인이 잘 알거나 깊이 생각해본 것들이 아니기 때문이다. 화자가 조언하는 분야에 관해 잘 알지 못하고 어디서 들은 말을 반복할 뿐이니 공허하게 들리기 쉽다.

나도 유년 시절 힘없는 말들에 둘러싸여 있었다. 그런 말들은 휴지처럼 가벼워서 이 사람 저 사람 입으로 떠돌아다니기만 했다. 발화의 순간 맥없이 바닥으로 떨어졌기에 잡아챌 수 없었다. 단순히 부모 잘못이라고 탓할 수만은 없는 일이다. 다만 내가 하고 싶은 질문은 이거다. 어떤 이는 단지 운이 좋아서 문화적 유산을 많이 물려받는다. 그런데, 가까운 어른에게서 이걸 기대할 수 없는 사람은 어떻게 해야 할까?

전작 『무례한 사람에게 웃으며 대처하는 법』을 내고 난 뒤 나는 이런 이야기를 한 적 있다. 무례한 사람에게 당신이 실수했음을 알려줘야 하는 이유 중 하나는 무례한 사람들이 정말로 몰라서 그랬을 수도 있기 때문이라고. 그러니 최소한 한 번은 친절하게 알려주자고.

대학 때 어느 교수님이 운전하는 차에 탄 적 있다. 나는 그 전까지 어른의 차를 거의 타보지 못해서 이런 경우 옆자리에 앉는 것이 예의인지 몰랐다. 별생각 없이 뒷자리에 앉았다가 "내가 네 운전기사니?" 하며 못 배운 놈이라고 교수님의 분노를 산 적 있었다. 욕을 배불리 먹으며 억울했던 기억이 난다. 아, 못 배운 건 맞긴 한데, 이건 진짜 안 배웠는데……

얼마나 내가 모르고 한 실수가 많았을까. 그런 일이 또 생길까봐 무서웠다. 그전까진 소설이나 사회과학 도서만 읽다가 자서전이나 자기계발서도 보기 시작한 건 그래서였다. 비즈니스 예의와 화법에 관한 책도 많이 읽었던 것 같다. 내 주변에는 밥상머리 교육이라고 불릴 만한 걸 해줄 어른이 없었다. 그들을 대신해줄 책이 간절했다. '딸에게' '아들에게' 같은 말이 들어가 있는 책을 찾아 읽었다. 고급 식당에 가서 밥을 먹을 때는 바깥쪽에 놓인 커트러리부터 쓰면 된다든가, 스테이크 굽기와 와인의 종류를 글로 배웠고, 예의 바르게 메일 쓰는 법과 실패 뒤 마음을 다잡는 법도 책으로 배웠다.

당시 책으로 만났던 저자들은 내밀한 선생님이 됐다가 부모도 되곤 했다. 동시대를 살고 있는 이들의 책을 반복해 읽다보면 내 곁에서 자기 인생을 증거로 조언해주는 것처럼 느껴졌다. 어떤 일 앞에서 조언을 구하고 싶어질 때면 이런 상상을 자주 했다. 만약 그분이었다면 이 상황에서 어떻게 했을까? 나에게 뭐라고 말해줄까? 이렇게 질문하면 답이 나올 때가 많았다. 책으로 부족할 때는 성당이나 스터디그룹 같은 곳을 찾아갔다. 멘토, 롤모델 같은 이가 주변에 이미 많은 이는 복되다. 그러나 그뿐이지, 그렇지 않더라도 좌절할 필요는 없다. 내가 찾아 나서면 되니까.

취업을 하고서는 자서전이나 자기계발서를 읽을 필요가 줄어들었다. 대표님은 존경스러웠고 동료 중엔 닮고 싶은 이가 많았다. 에디터로 일할 때는 취재원을 만나 생생한 조언을 모았고, 인간 관계가 점점 넓어질수록 주변의 좋은 모습만 참고하기에도 시간이 부족했다. 굳이 책을 찾지 않아도 주변에 롤모델이나 좋은 선배가 있어서 직접 찾아 조언을 구할 수도 있게 되었다. 시간이 지나자 심지어는 내가 누군가에게 영향을 끼치게도 되었다.

물려받은 재산 없이 일가를 이룬 자수성가형 인간을 영어로는 '셀프 메이드 맨(우먼)self-made man(woman)'이라 부른다. 나를 만드는 건 셀프, 나는 이 표현을 아주 좋아한다. 부모의 정보력과 인맥, 매너가 대물림되는 세상이지만 그걸 가지지 못했다고 해서 울고만 있지 않았으면 좋겠다. 압도될 필요도 없지만 그런 것 따윈 중요하지 않다고 애써 무시해버리지도 말자. 내게 주어지지 않은 길 아예 필요치 않은 것처럼 대하는 식의 대응이 반복되면 시니컬한 자세가 인생을 사는 전반적인 태도가 된다. 그저 담담하게 찾아서 내 근처로 길어오면 된다. 주변에 책 같은 사람이 없다면 책을 통해서라도. 시간이 더 걸릴지라도 견문을 넓혀 그것들을 내 정서적 서재에 꽂아두면 된다고, 아직까지 그렇게 믿고 있다. 그렇게 믿고 싶다.

악의 없이
악해지는 순간

극장에서 영화 〈기생충〉을 본 사람이라면 이선균이 송강호에게서 지하철 냄새가 난다고 하는 순간 분위기가 무겁게 가라앉는 것을 느꼈을 것이다. 그전까지 팔짱을 끼고 영화 밖에서 관조하던 관객들조차 그 대사가 나온 뒤부터 송강호에게 감정이입하게 된다. 십중팔구는 영화를 본 뒤 지하철이나 버스를 타고 돌아가야 할 것이므로. 애초부터 부유했을, 그래서 가난에 무감각한 조여정은 지하철 냄새를 모르지만 자수성가한 IT회사의 대표 이선균은 그 냄새의 정체를 안다. 영화의 후유증이 커서 한동안 생각하며 지냈다. 지하철 냄새를 아는 사람과, 알았던 사람과, 처음부터 모르는 사람의 차이에 대해서.

영화는 굳이 생각지 않았던 저마다의 계급적 위치를 인식하게 한다. 영화가 잔혹하게 느껴지는 것은 살인 장면 때문이 아니라 바로 너는 어느 쪽이냐는 질문 때문이다. 여기서 어느 배역에 감정이입을 하는지 살펴보면 자신이 어디에 속해 있는지가 드러난다. 조여정에 감정이입을 하는 친구들은 영화를 본 뒤 '사람 쓰는 일'의 어려움에 대한 소회를 털어놨다. 역시나 사람이 제일 무서운 거라고. 한편 송강호에 감정이입하는 친구들은 이 영화를 보고 속상해했다. 중산층 출신의 감독이 가난을 전시한다고, 가난한 이들의 상처를 희화화한다고 분노했다. 모욕감을 느낀다는 친구들을 만나고 와서 나는 이렇게 메모했다. '〈기생충〉을 보고 느낀 것: 약해지면 악해지기 쉽고, 강자는 악의 없이 상처 주기 쉽다.'

전날 밤 폭우로 인해 집이 침수되어 체육관에서 눈을 붙이고 온 송강호가 간신히 운전대와 정신을 붙잡고 있을 때 뒷좌석에서 조여정은 친구와 통화하며 이렇게 말한다. "비가 와서 미세먼지도 없고 좋네." 지난밤 조여정의 집에서는 앞마당에 친 아이용 텐트조차 멀쩡했다. 때문에 그는 이 말이 누군가에겐 상처가 될 수 있다는 사실을 상상 못한다. 송강호의 영혼이 파사삭 바스러진 순간은 어쩌면 바로 그 해맑음 때문이었을지 모른다. 여유와 교양 있는 사모님으로서의 미덕을 내면화한 이로, 아랫사람에게 불만을 대놓고 말하지 않는 조여정은 그의 퀴퀴한 냄새를 맡은 뒤에도 지적하지 않고 조용히 창문을 열 뿐이다. 나름의 배려심이 있고 악의 없는 그였지만, 가난에 대한 상상력은 없었으므로 결국 한 인간에게 상처 주었다.

나도 비슷한 일을 겪은 적이 있다. 중학교 때 친구가 사람들 앞에서 내게 큰 목소리로 물어보았다. "메이커도 아닌데 왜 그렇게 영어가 크게 적혀 있는 거야?" 가전에만 삼성이나 엘지 같은 로고가 붙는 게 아니고 옷에도 '메이커'가 따로 있다는 사실, 옷에 적힌 알파벳이 누군가에겐 이상해 보일 수도 있다는 걸 그때 나는 처음 알았다.

처음에 송강호 가족은 조여정을 좋아했었다. 그는 부자'임에도' 착하며 심플함으로 표현되는 순진함을 갖고 있기 때문이다. 이것은 크나큰 오해다. 부자가 가난한 이들을 모르는 만큼 가난한 이들도 부자를 모른다. 거실의 분재가 월동의 세계를 모르듯이. 돈이 가져다주는 장점 중 하나는 환경이나 상황과 괴리되어 쾌적함을 즐길 수 있는 것이다. 힘들고 더러운 일은 외주를 주고 그렇게 산 체력과 시간으로 일상의 뽀송뽀송한 상태를 유지한다. 자발적으로 격리된 궁전 속의 삶 안에선 위험한 이를 만날 일이 별로 없다. 사람은 자신을 둘러싼 세계가 표준이고 평균이라고 생각하니까, 거기서 벗어나는 이를 보면 놀라기 바쁘다. 이처럼 여유 있는 자 특유의 선한 '심플함'은 종종 '별생각 없음'으로 치환되어 타인을 찌른다.

꼭 부자가 아니더라도, 저마다가 만든 세상에 사는 누군가는 나와 다른 이를 만날 때 소스라친다. 우리가 보는 뉴스와 주변인들은 내 기준에 맞춰 편집한 세상의 아주 작은 일부다. 그걸 모르면 땀흘리는 이를 가리키며 "너도 공부 안 하면 저 사람처럼 되는 거야"라고 하거나 벽화가 그려진 산동네 골목길에서 아무데나 사진기를 들이밀며 "이런 데서도 사람이 사네" 같은 말을 미소지으며 하고야 만다. 재벌 2세 기업인 출신의 한 정치인이 선거운동 당시 어느 고시원을 방문해 둘러보면서 당황한 표정을 지어 비웃음을 산 적 있는데, 사진 속의 그는 처음 보는 광경 앞에서 너무 당황한 나머지 표정 관리를 잊은 것처럼 보였다. 그뿐이지, 그 정치인에게 나쁜 의도는 없었을 것이다. 하지만 그 사진을 본 방 주인의 심정은 어떠했을까?

한편, 영화 속에서 송강호는 아들이 과외 자리를 얻는 과정을 보고 "너는 다 계획이 있구나" 감탄하면서 자신은 계획을 세우지 않는다고 말한다. 그도 한때는 아들 같았을 테지만 나이를 먹으며 깨달은 것이다. 계획을 세워봤자 계획대로 되지 않는다는 걸. 그러니 앞으로도 그럴 거라고. 계획대로 삶을 꾸려나가는 걸 우리는 의지의 문제로만 과소평가하는 경향이 있는데, 계획적인 삶은 거시적 관점을 가질 수 있는 정신의 건강과 육체의 건강이 받쳐줄 때 비로소 가능하다. 정신적으로 황폐해지면 건강을 챙기기 어렵고, 건강하지 않으면 정서가 불안정해지기 쉬우며, 오늘 이 순간을 걱정하는 사람이 일 년 후를 내다보기란 불가능에 가깝다. 실패가 반복되면 시니컬해지는 편이 정신건강에 도움이 된다. 그러지 않으면 정말 비참해지니까.

이런 환경에 익숙해지면 나보다 강한 사람에겐 인정받으려 애쓰면서 약한 사람에겐 모멸감을 주기도 쉽다. 영화 속에서 반지하에 사는 송강호 가족이 가사도우미인 문광의 "우리 같은 처지잖아요"란 말을 격하게 부정하는 것처럼. 그러니 악함이란 그저 무너지고 무뎌진 상황을 뜻하는 것 아닐까? 호의적이지 않은 세상과 싸우다보면 주로 누군가를 탓하는 쪽에 서게 되고, 피해의식에 사로잡혀 남에게 피해 주면서도 잘못인 줄 모르는 악순환이 이어지게 된다. 악한 사람이 나쁜 상황에서 더 악해지는 것이 아니라, 약해지면 악해지기 쉬운 것이다.

나의 당연한 일상이 누군가에게는 그렇지 않을 수 있고, 악한 일은 대개 시기심에서 시작된다는 것을 이해할 때 악의 없이 상처 주는 일을 줄일 수 있다. SNS에 사진을 올리기 전에, 남 앞에서 어떤 말을 하기 전에 자신보다 약한 이를 상상해보는 연습을 할 필요가 있지 않을까. 현실에서 가난한 이는 과도하게 의지를 맹신하다 좌절하고, 부자는 행운을 애써 무시하다 미움받는다. 가난한 이가 불운을 인정하고 부자가 행운을 인정할 때 우리는 서로를 탓하는 것에서 멀어질 수 있다. 영화 〈기생충〉에서 그리도 강조하는 '선을 지키라'는 말은 결국 예의에 대한 이야기이기도 하고, 예의는 약자에 대한 상상력에서 나온다. 우리가 어떤 계급에 가깝든지 꼭 가져야 할 태도는 바로 이것이다.

부모의 정보력과 인맥, 매너가
대물림되는 세상이지만
그걸 가지지 못했다고 해서
울고만 있지 않았으면 좋겠다.
그저 담담하게 찾아서
내 근처로 길어오면 된다.
주변에 책 같은 사람이 없다면
책을 통해서라도.

이유 없이
싫은 것에는
상처가 묻어 있다

"혹시 검사 결과가 바뀔 수도 있나요?" 산부인과 의사가 "아들인 것 같네요"라고 말했을 때, 당황해서 결과가 바뀔 수도 있느냐는 말부터 내뱉었다. 의사는 대답 대신 웃었다. "아무래도 요즘은 다들 딸을 더 선호하시지요." 집으로 돌아와 '성별반전'이라 검색한 다음, 맘카페에 올라온 글들을 읽으며 혹시 결과가 바뀔 수 있지 않을까 희망을 가졌다. 한 달 뒤 다시 병원에 갔을 때 의사가 초음파 속 아이의 다리 사이를 가리켰다. 아…… 이쯤 되니 내 눈에도 보였다. 딸이라기엔 무언가 많이 튀어나왔구나.

곧 아들을 낳게 될 거라는 현실을 받아들이기 어려웠다. 내가 '아들맘'이 되는 건 상상해본 적 없다. 아이를 낳으면 조건 없이 사랑할 거라고 말해왔는데 그동안 내가 상상한 아이의 모습은 사실 언제나 딸이었다. 어릴 때 어른들이 말했다. 여자 팔자가 세면 집에 딸이 많다고. 엄마는 자기가 호랑이띠고 기가 세기 때문에 쓸데없이 딸을 자꾸 낳았다고 투정하곤 했다. 기 세다는 말이라면 어딜 가서도 적게 들은 편은 아니니까 나 또한 딸을 낳겠지 생각했던 것 같다. 게다가 나도 엄마와 같은 호랑이띠니까. 그렇다면 내 팔자엔 아들이 없겠군 했다.

딸을 낳으면 하고 싶은 게 많았다. 치렁치렁한 머리를 빗어주고 땋아주고 싶었다. 바비인형을 사주고 함께 인형놀이를 하고 싶었다. 레이스 치마를 입히고 새하얀 옷도, 꽃무늬 옷도 입혀주리라. 색깔별로 메리제인 에나멜 구두를 구비해 공주처럼 꾸며주고 싶었다. 아이가 크면 조잘조잘 하루에 있었던 일들로 끊임없이 대화하고 싶었다. 함께 여행도 가고 쇼핑도 하면서 친구처럼 지내고 싶었다. 젠더 의식 없는 생각이라는 걸 알면서도 그랬다.

로망이 깨지고 난 뒤에는 내가 느낀 실망을 수습하는 데 시간을 써야 했다. 걱정과 당혹감에 자꾸 찔려서 멈춰 섰다. 곧 태어날 아이에게 이 감정이 전달될까봐 두려웠다. 이렇게까지 속상해하는 것에 죄책감이 들었다. 이런 기분으로 아이를 만날 수는 없었다. 잠깐만, 내가 지금 왜 이렇게까지 실망하는 거지?

살면서 종종 그런 때가 찾아왔다. 부정적인 감정이 이상하리만치 커져서 그런 내 마음에 스스로 놀라는 때가. 나에게 피해를 준 사람도 없고 내가 피해 입은 상황이 아님에도 지나치게 불쾌해져서 감정이 흔들리는 때가. 그때 가만히 들여다보면 인정하고 싶지 않았던 진짜 이유가 툭 튀어나오곤 했다.

우선 딸을 원한 이유부터 생각해보았다. 그동안 그렸던 딸의 모습은 핑크색과 레이스로 점철된 공주님이었는데, 그건 유년 시절에 간절히 원했던 내 모습이었다. 친구들이 바비인형을 가지고 노는 걸 보며 한번 만져보자는 말도 못하고 부러워하던 시절이 있었다. 나는 실용적인 짧은 머리, 물려받은 회색 옷에 질려 있었다. 훗날, 빨간 머리 앤이 자기도 소매가 부푼 화려한 옷을 입고 싶다는 말을 하는 걸 보고 공감하다 못해 마음이 저릿했던 것도 그래서였다. 겪지 못한 유년을 딸에게 주고 싶었다. 잊고 있었는데, 결국 딸을 통해 감정이입하며 결핍을 해소하고 싶었던 거다. 딸은 나의 대리자가 아님에도 유치하게.

딸을 원했던 진짜 원인을 인정하고 나니 아들을 지나치게

거부했던 이유도 드러났다. 나는 80년대 경상도 특유의 남아 선호사상이 깊은 문화에서 자랐기에 아들만 최고로 치고 성차별을 당연하게 여기는 이들에게 둘러싸여 있었다. 그런 모습이 지겨워서 절대 저렇게 되지 말자고 다짐했었다. 그런데 내가 아들을 사랑하게 되면, 아들만 편애하는 이들과 같은 부류처럼 보일까봐 두려웠다. 딸을 귀하게 키우는 모습을 보여주면서 이것 보라고, 나는 당신들과 다르다고 외치고 싶었던 것도 같다.

특별한 이유 없이 무언가를 두려워하거나 미워했던 적은 또 있었다. 나는 한때 TV가 싫었고 그걸 많이 보는 사람조차 싫어했다. 특히 보는 사람이 없는데 TV가 켜져 있으면 머리가 아팠다. 고향에서 떠나와 혼자 살게 된 후에야 알았다. 그 불편함이 어디서 비롯되었는지를. 내가 진짜 싫어했던 건 TV가 아니라 항상 그 소리가 들리던 집이었다. 거실에 누우면 쿰쿰하게 신발 냄새가 풍기던 좁은 집. 한쪽 벽은 TV가 거의 차지하고 있었다. 그때 부모님의 유일한 여가는 TV를 보는 것이었다. 아빠는 퇴근하고 집에 오면 리모컨부터 찾았고 잘 때도 TV 소리를 들어야 안심했다. 그게 서글프면서도 당장은 외면하고만 싶었다. 시험 기간이 아니어도 주황색 스펀지 재질의 귀마개를 하고 지냈다. 조용한 자취방에서 그때 기억을 떠올리며 문득 깨달았다. 내가 진짜 멀어지고 싶었던 건 TV가 아니라 집이었구나.

MC 강호동 때문에 한동안 괴로운 적도 있었다. 그가 한때 도사라는 콘셉트로 게스트를 불러 질문하는 코너를 진행한 적이 있었다. 책상을 탁 치거나 게스트 앞으로 얼굴을 들이밀며 압박감을 주는 걸 볼 때마다 마치 내가 봉변을 당한 것처럼 심장이 쿵쾅거렸다. 어디선가 풍기는 악취를 훅 맡은 것처럼 움찔했다. 이후 그가 나오는 프로그램은 보지 않고 듣지 않으려 애써야 했다. 훗날 심리학 공부를 하고서야 문제를 해결할 수 있었다. 어린 시절 나를 괴롭혔던 권위적이고 가부장적인 어른들을 떠올리게 해서 그토록 힘들었다는 걸 알게 되었다. 신기하게도, 그 사실을 깨달은 후로는 더이상 그를 보아도 아무런 감정도 들지 않았다.

나에게 이유 없이 미움받은 사람들은 그 시기 내가 가장 벗어나고 싶었던 콤플렉스와 연관되어 있었다. 돌이켜보면 미워했던 사람의 리스트와 시기마다의 강렬한 결핍이 일치했다. 한때는 부유한 부모 덕에 진학과 취업에서 치트키를 쓰는 것 같은 사람들을 경멸하는 데 에너지를 썼다. 직장에 다닐 땐 자기가 얼마나 회사에서 중요한지와 열심인지를 강하게 어필하는 사람을 보면 분노가 치밀었다. 그들의 사정에 대해 잘 알지도 못하면서. 지나고 나서 내가 그토록 화낸 이유를 알게 되었다. 나도 실은 그렇게 티도 내고 인정도 받고 싶었다는 걸.

콤플렉스와 트라우마 때문에 망가지기는 너무 쉽다. 유년의 상처는 깊이 숨어 있다가 멀쩡해 보이는 어른이 된 후에도 한번씩 튀어나와 놀라게 한다. 그러나 불필요하게 다른 이를 미워하지 않을 수 있다면 자기 자신을 미워하는 일도 덜 할 수 있다. 자신도 납득하기 힘든 부정적 감정이 찾아올 때, 멈춰서 원인을 생각해볼 필요가 있다. 근원을 알아차리는 연습을 하다보면 엉뚱한 이에게 총구를 들이대는 일을 줄일 수 있으니까. 그러다보면 상처받은 나와 억울하게도 미움을 받고 있는 타인이 드러나며, 그 과정을 객관화할 수만 있다면 상처에서 벗어나는 길에 가까워진다. 헤르만 헤세는 『데미안』에서 미워하는 대상은 사실 나의 일부를 비추는 거울이라 말했다. "우리가 어떤 인간을 미워한다면 우리는 그 모습 속에서 우리 안에 있는 무언가를 보고 미워하는 거지. 우리 자신 안에 없는 것은 우리를 자극하지 않는 법이니까."[5]

애매한 나를 견디는 일

"어떤 등장인물도, 매우 그럴듯하지만, 심금을 울리진 않는다. 보는 사람을 겉돌게 하면서 그냥 얼마간 웃다가 가라고 권하는 것 같기도 하다. (…) 관객에게 당신들이 웃고 있는 동안 세상이 더 나빠진 걸 아느냐고 넌지시 물어보는 걸까. 이도 저도 아니라면 그저 불협화음을 즐기는 악취미인가. ○○○ 감독은 웃기지만 아리송한 질문을 남기는 이상한 코미디 한 편으로 데뷔했다."

모 평론가가 2000년 발표된 한 영화에 대해 쓴 평론이다. 미지근한 평을 받아든 이 감독은 삼십대에 장편 상업영화로 데뷔했는데, 작품은 관객 수 십만 명을 간신히 넘기며 흥행에 대실패했다. 이 감독은 바로 봉준호이고 '이상한 코미디'

라는 평을 들은 데뷔작은 배두나 주연 〈플란다스의 개〉다. 당시 봉 감독은 동료 감독에게 "난 재능이 없나봐" 하며 괴로워했다고 한다. 낙심하던 봉 감독이 어렵게 두번째 기회를 얻어 절치부심해 만든 작품이 바로 〈살인의 추억〉이다. 그는 이후 〈괴물〉로 1300만 명의 관객을 동원하면서 한국을 대표하는 감독으로 올라섰다. 이다음부터는 모두가 다 아는 이야기다. 2019년 봉 감독은 〈기생충〉으로 아카데미영화제에서 작품상을 수상하며 화제가 됐고, 작품은 세계적으로 흥행해 그에게 1억 달러가 넘는 수익을 가져다주었다.

봉준호 감독은 그의 성취를 조명한 다큐멘터리에서 〈플란다스의 개〉와 관련해 이런 말을 한 적 있다. 시사회 때 영화를 보면서 스토리 자체가 성립이 안 된다는 생각을 했다고. 왜 이런 영화를 찍었을까 하는 생각이 들었다고. 조명이 꺼지고 자막이 올라가는 걸 보다가 영화관에서 뛰쳐나오던 그때 너무나 외롭고 창피했다고 그는 회고한다. 기자들과 인터뷰하던 중 〈플란다스의 개〉 이야기가 나오자 그 영화는 절대 보지 말라는 말을 농담처럼 하기도 했다.

나는 이런 흑역사 에피소드를 좋아한다. 성공한 사람의 실패담은 언제 들어도 재미있다. 처음부터 천재였을 걸로 보이는, 넘볼 수도 없는 사람들이 사실 자기도 실패한 적이 있다고 고백할 때, 과거를 부끄러워할 때 어쩐지 안도감이 든다. 이런 순간은 또 있다. 천재가 아님을 인정하면서도 자기 일을 책임감 있게 해나가는 수재를 볼 때다. 불안과 부정적인 예감에 사로잡혀 투덜거리면서도 꾸역꾸역 당장 할일은 하는 사람은 멋지다. 진짜로 대단한 이들 속에서 내가 별것 아니었단 걸 깨달은 뒤에도 일단 지금 해야 하는 일부터 챙기는 모습을 보면 응원하게 된다. 봉준호 감독이 자기에겐 재능이 없는 것 같다고 고민하면서도 꾸역꾸역 시나리오를 계속 썼듯이.

이상과 현실의 괴리로 고민하다가, 내 길은 아니구나 포기하는 이를 많이 보았다. 애매한 실력 때문에 고민하는 사람을 말하라면 당장 떠오르는 이름 수십 개도 댈 수 있다. 그러자면 일단 나부터 호명할 거다. 학창 시절부터 글쓰기로 자주 칭찬받았다. 전업 작가를 꿈꿨지만 그럴 만한 재능은 없는 걸 일찍이 알았다. 열 군데의 백일장에 나가면 아홉 개쯤의 상을 탔다. 그러나 최우수상을 탄 기억은 거의 없다. 항상 우수상이나 장려상 그 언저리. 상장들은 내게 말하는 것 같았다. "꽤 하는구나. 대단한 수준까진 아니지만." 물론 알고 있다. 상을 타는 자체로 대단하다고 생각할 수도 있었다고. 그러나 최우수상을 받은 사람 뒤에 서 있는 경험을 자주 하게 되면, 차라리 상을 못 받으면 깔끔하게 이 길을 포기할 텐데 애매해서 이러지도 저러지도 못하고 있다는 마음이 들기가 더 쉽다.

고교 때 함께 상을 받던 이들은 대부분 문예창작학과나 국어국문학과에 입학했으나 나는 승산 없는 데다 미래를 걸 수 없었다. 돈 벌며 글쓰기 연습도 할 수 있는 곳을 생각하니 기자라는 직군이 떠올라 사회학과에 갔다. 콘텐츠 업계에서 십 년간 직장 생활을 해 돈을 벌었고, 퇴근 후에는 꾸준히 글을 썼다. 작가의 꿈을 이루는 건 막연해 보였지만 계속 쓰는 건 당장의 내가 할 수 있는 일이었다. 취미였던 글쓰기를 꾸준히 하다보니 직장 생활로 쌓은 인사이트를 바탕으로 책을 내는 순간도 왔다. 어릴 때 원했던 소설가는 못 되었지만 산문집은 냈다. 애매한 성공이라 할 수도 있겠지만 어쨌든 확실한 건, 실패는 아니다.

공무원시험 대비학원의 한 강사가 합격생과 비합격생의 차이에 대해 이렇게 말하는 걸 인상 깊게 봤다. "공부하다가 힘들고 우울할 때 어떻게 해야 하나요?"라고 질문하는 이들 중 합격생과 그렇지 않은 사람 사이에 차이가 있다는 거다. 합격생은 '울면서 공부하고' 비합격생은 '그냥 운다'고. 그냥 운다…… 나에게도 울기만 하던 밤이 있었지. 나카지마 아츠

시의 『역사 속에서 걸어나온 사람들』에는 재능을 의심해본 이가 공감할 만한 표현이 있다. 시를 잘 썼던 인물 이징이 호랑이로 변해 산속에 숨어 살다 옛 친구를 만나 한탄하는 장면에서다.

> 나는 시로 명성을 얻으려 하면서도 스스로 스승을 찾아가려고도, 친구들과 어울려 절차탁마에 힘쓰려고도 하지 않았다네. 그렇다고 속인들과 어울려 잘 지냈는가 하면 그렇지도 못했다네. 이 또한 나의 겁 많은 자존심과 존대한 수치심 때문이라고 할 수 있을 걸세. 내가 구슬이 아님을 두려워했기 때문에 애써 노력해 닦으려고도 하지 않았고, 또 내가 구슬임을 어느 정도 믿었기 때문에 평범한 인간들과 어울리지도 못했던 것이라네.[6]

닦아봤자 결국 구슬이 아닌 걸 들킬까봐 노력하지 않았고, 한편으로는 어느 정도 구슬일 거라는 믿음이 있었기 때문에 포기하기도 어려웠다는 고백이 마음을 찔렀다. '겁 많은 자존심'과 '존대한 수치심' 때문에 이러지도 저러지도 못하고 인생을 허비했다는 탄식에 공감하는 사람이 나뿐 아닐 거다. 눈치채는 사람만 없다면 항상 도망치고 싶던 나의 이십대가 생각났다.

봉준호 감독의 이야기로 돌아가, 그의 누나 봉지희 교수 인터뷰에 따르면 어린 시절 봉준호는 공부를 굉장히 잘하고 리더십도 있었지만, 조용하고 말수가 없었고 느렸고 특별히 끼가 있다거나 튀지는 않았다고 한다. 누나가 보았듯 모든 천재들이 어릴 때부터 대단하게 두각을 드러내지는 않는다. 우리에게는 트로피를 든 미소만 보이지만 그가 무대 뒤에서 흘린 많은 눈물은 보이지 않는다. 그의 진짜 재능은 흔들리지 않는 것이 아니라, 흔들리면서도 흔들려가며 자신의 일을 하는 데 있다. 강사의 말처럼, 그는 울면서 '하는' 이다. '울기만' 하는 이가 아니라.

어쩌면 재능이란 영재에게만 해당되는 것이 아니라, 좋아하는 일로 돈을 못 벌 것 같으면 해야 하는 일로 돈을 벌어서라도 좋아하는 일을 놓지 않는 꾸준함에 깃드는지도 모른다. 뒷골목에서 헤매고만 있는 것 같아 비참해지는 순간이 자주 오겠지만 울며불며 하다보면 생각 못한 순간 언저리에라도 도착할지 모른다. 그러다 또 언젠가는, 그 대단한 재능의 비결이 뭐냐고 물어오는 후배가 생겨날 수도 있는 것이고. 그러니까 결국 애매한 나를 견디는 법은, 엉엉 통곡할지언정 일단 목적지 근처라도 가서 맴도는 데 있다.

두번째 인생을 사는 법

무조건 서울에 가야 한다, 서울 가야 답이 있다, 같은 말을 주문처럼 외우던 때가 있었다. 그렇게 간절했던 서울에 살게 되면서 신기했던 것 중 하나는 여기저기 '시내'가 있다는 것이었다. 전에 살던 대구에서 '시내에서 만나자'는 말은 동성로를 의미했다. 그런데 서울은 여기저기가 다 시내였다. 광화문, 압구정, 한남동, 성수동, 이태원, 연남동 등등. 연극이나 뮤지컬 같은 공연을 빠르게 볼 수 있고 독립영화관이 여럿 있고 각종 강의나 문화 행사가 자주 열리는 곳, 새로운 외식 브랜드나 복합문화공간이라 할 만한 곳은 언제나 서울에 1호점을 열었다. 신기한 것과 새롭고 좋은 것이 모두 서울에서만 시작되는 듯해 여기 와서는 한동안 정신을 차리기 힘들었다.

서울살이의 최고로 좋은 일은 더이상 지적을 받지 않게 되었다는 점이다. 어느 순간부터 주변에 '너 특이하다'는 말을 하는 사람이 없었다. 연락처가 추가된 지인들을 살펴보았다. 서울에서 만난 사람들은 다양했다. 출신 지역도, 직업도, 직장도, 취미도, 선호하는 삶의 방식도. 지방에서는 동질성을 기반으로 한 커뮤니티가 대부분이기에 평균적인 삶과 튀지 않는 사람에 대한 선호가 컸다. 서울에서는 눈치 덜 보고 좀더 하고 싶은 걸 하고 살아도 괜찮구나, 나는 안도했다. 과거와 멀어진 곳에서, 과거와 상관없이 살아가기 위한 두번째 인생이 시작되었다.

인생의 주요 시기를 드라마 시즌제처럼 나눌 수 있다면 크게 세 부분으로 나눌 수 있지 않을까. 부모의 자식으로 사는 시즌 1, 독립해 사는 시즌 2, 자식의 부모로 사는 시즌 3 정도로. 첫번째 시즌의 가장 큰 비극은 어쩌면 내가 선택할 수 있는 여지가 극도로 좁다는 것이다. 내 의지와는 상관없이 어느 시기에 어느 곳에서 무언가를 물려받고 태어나 부모의 취향과 육아 방식에 맞춰 성격이 정원처럼 다듬어진다. 인간 관계 또한 내가 선택한 것이 아니라 대부분 주어진 것이다. 동네 친구와 다니는 학교와 학원에서 알게 된 친구들. 그런 면에서 사람이 스무 살 이전에 이룬 성취라는 것은 엄밀히 말해서 자기 노력 덕이라 하긴 어렵지 않나 생각한다. 같은 논리로, 스무 살 이전의 실패 또한 개인의 문제만은 아니겠지.

내가 관심을 가지는 건 주체성이 상대적으로 강화되는 두번째와 세번째 시즌이다. 첫번째 시즌에서 자기가 선택할 수 있는 것이 극소수였다면 두번째 시즌에서는 제한된 조건 안에서 원하는 바를 탐색할 수 있는 가능성이 생긴다. 세번째 시즌에서는 아이를 언제 몇 명을 낳을지, 어떤 방식으로 키울지, 혹은 아예 부모가 되지 않는 건 어떨지 선택할 수 있으니 잘못되었을 때 남 탓을 하거나 핑계를 댈 여지가 현저히 줄어든다. 그중 내가 궁금해서 답을 찾아다녔던, 비슷한 고민을 안은 후배들을 만날 때마다 떠올린 질문은 이거였다. 시즌 1에서 내 의지와는 관계없이 주어진 장르와 주변 사람들, 나라는 캐릭터가 마음에 들지 않을 때 시즌 2의 분위기를 완전히 바꾸고 싶다면 어떻게 해야 할까? 스릴러를 코미디로, 코미디를 어드벤처로, 어드벤처를 로맨스로 바꾸고 싶어졌다면?

지금까지 내가 찾은 방식은 이러하다. 첫째, 주변인을 바꾸고 늘리기. 둘째, 돈을 써서 새로운 것을 배우기. 셋째, 자주 등장하는 장소(배경)를 바꾸기. 이 세 가지는 유기적으로 연결되어 있다. 월급을 받게 되면 버는 돈의 최소 10퍼센트는 자신을 위해 재투자하고, 새로운 것을 배우다보면 거기서 알게 된 사람들과 친분이 생겨난다. 새로운 사람들에게 자극받아 원하는 일을 꾸준히 잡고 있다보면 이직을 하거나 바라던 커리어를 가지게 될 확률이 커진다. 조연과 배경이 바뀌게 되면 주인공은 그에 맞춰 새롭게 말하고 행동할밖에.

이십대 후반에서 삼십대 초반 사회초년생의 인간 관계는 주로 학교 친구와 회사 생활에서 알게 된 이들로 구성된다. 회사 생활에서 알게 된 사람들과의 관계에서는 동질성이 있지만 낯섦에서 오는 자극은 적다. 회사 이야기에는 공감대가 크지만 개인적인 커리어에 대해서나 내밀한 고민은 이야기할 수 없다. 반면 학창 시절 친구와는 처지가 너무 달라져 편하게 말할 수 있는 분야가 제한된다. 추억을 공유하며 익숙함을 매개로 유지하는 관계에서는 변한 내 입장에 대해 말하기 어렵다. 오래 알았던 사람이어서 오히려 말할 수 없는 것이 있으니까. 새로운 삶을 원한다면, 이처럼 익숙하지만 갑갑함이 있는 관계에 쏟는 에너지는 약간 줄이고 낯선 곳을 찾아가는 일이 도움이 된다. 기분 좋은 어색함이 있는 곳으로.

이십대에 내가 진짜 해보고 싶던 것은 사람들과 책 이야기를 나누는 거였고, 되고 싶은 것은 글 쓰는 사람이었는데 이런 이야기는 주변의 누구와도 하기 어려웠다. 그럴 때 새로운 자극을 주는 사람들이 있는 곳을 찾아다닌 게 도움이 되었다. 너무 개인적이라 말 못한 고민, 감상적이어서 부끄럽게 여겨지는 이야기를 독서모임 친구들과는 나눌 수 있었다. 아무도 관심 없을 거라고 생각했던, 까다로운 사람으로 보일까봐 속으로만 던졌던 진지한 질문도 함께 공부하는 멤버와는 자연스럽게 화제에 올릴 수 있었다.

핵심만 말하지 않아도 되는 곳, 긴 글을 읽고 길게 말할 수 있는 사람들이 있는 곳. 취향과 관심사를 기반으로 만나는 살롱 문화 커뮤니티가 늘어났다는 이야기를 듣고 반가웠었다. 만약 소설가가 꿈이라면 일단 글쓰기 모임에 등록해서 한 장이라도 써보고, 같은 목표를 가진 사람들의 결과물을 보거나 지도해주는 사람의 말을 들으며 언저리에라도 가 있는 것이 중요하다. 그렇게 얻은 배움은, 그렇게 알게 된 사람들은 어떤 식으로든 남으니까. 여기서 핵심은 이런 분위기에 있다보면 '내가 어떻게 해……'라던 마음이 '생각보다 해볼 만한데!'로 옮겨진다는 것이다.

우리는 성취에 대해 말할 때 개인의 의지를 주로 강조하지만, 그를 둘러싼 주변의 호의와 낙관성이 큰 영향을 끼치는 것을 많이 보았다. 성인이 되며 알게 된 건, 내가 몰랐거나 고군분투해 알아낸 정보를 어떤 이는 쉽게 터득하고 있다는 거였다. 서로 완전히 다른 세상을 살아가고 있었다. 그 차이는 바로 사람 사이 사회(관계)자본이라고 하는 연결망에서 나왔다. 궁금한 것이 있을 때 주변에 조언을 해줄 사람이 있는지의 여부와 역할 모델을 쉽게 찾을 수 있는지에 따라 꿈의 크기가 결정되기도 한다. 예를 들어 회사에 다니다 로스쿨에 가고 싶어졌을 때, 로스쿨에 재학중인 사람을 주변에서 소개받아 조언을 얻거나 주변에 비슷한 도전을 한 사람을 볼 수 있다면 나도 한번 해보자는 마음을 먹기가 상대적으로 쉽다. 관계자본이 풍부하면 이를 통해 더 많은 경험치를 쌓고, 인사이트를 얻어 새로운 도전을 하는 선순환이 생기는 것이다.

반면, 열악한 상황에 처한 이들은 빈약한 관계자본을 갖고 있어 롤모델이라 할 만한 사람이 적다. 『힐빌리의 노래』 저자이자 저소득층 출신의 변호사인 J.D. 밴스는 일자리를 구하기 위해 면접을 보러 갈 때 해병대 전투화와 군복 바지를 입었던 과거를 회상한다. 그런 옷은 면접복으로 적절하지 않았음에도 자신에게 그런 조언을 해줄 사람이 없어 몰랐다면서 그는 이후 예일 법대에 진학해 충격을 받았다고 썼다. 빈곤했던 고향에서와 달리 이제는 다양한 직군의 선배들을 만나는 게 쉬워지고, 교수에게 깊이 있는 조언을 받는 것이 일상이 되자 전에 없던 새로운 눈이 추가된 기분이 들었다고. 밴스는 이를 '정보 격차'라고 표현했다.

주변에 좋은 조언을 해줄 어른이나 친구가 별로 없다면, 그래서 가질 수 있는 정보의 양과 질이 한정적이라면, 최선을 다하지만 왠지 자꾸 어긋나는 느낌을 받는다면, 낯선 세계로 나를 확장할 필요가 있다. 일단 돈을 벌면서도 더 나은 곳으로 이동하기 위해 자신에게 투자해야 한다. 원하는 분야를 배우고 관련된 분야에서 이미 일하고 있는 사람들과 교류하면서 정보 격차를 줄여가는 것이다. 어딘가 도전하고 싶어질 때 솔직하게 상황과 상태를 털어놓을 수 있고 긍정적인 지지를 받거나 조언을 받을 수 있는 사람들이 주변에 있다면, 원하는 인생을 사는 길에 좀더 가까워진다. 내 경우 이십대에 서울로 가서 곁에 두고 싶은 사람들을 찾아다닌 것이 주효했으나 언젠가는 고마웠던 서울도 떠날 때가 올 것이다. 오해할까봐 덧붙이자면, 지방에서 서울로 반드시 가야 한다는 뜻이 아니다. 자극 없는 삶이 괴롭다면 익숙했던 곳에서 멀리 떨어져보고 관계를 다양하게 넓혀보자는 게 핵심이다.

청춘을 위한 소설로 유명한 『데미안』에는 제목만 아는 이에게도 익숙할 만한 문장이 있다. "새는 힘겹게 투쟁하여 알에서 나온다. 알은 세계다. 태어나려는 자는 한 세계를 깨뜨

려야 한다."[7] 잘 아는 곳을 벗어나는 건 누구에게나 어렵고, 내게 왜 이런 환경밖에 주어지지 않았는지 원망하는 건 너무 쉬워 누구나 할 수 있다. 알 속은 편안하지만 계속 머무를 수 없으니 머리로 들이받으며 날아가는 것을 포기하지 않는 수밖에 없다. 『데미안』에는 이런 문장도 있다. "깨어난 인간에게는 단 한 가지, 자기 자신을 탐색하고, 자기 안에서 더욱 확고해지고, 그것이 어디로 향하든 자신만의 길을 계속 더듬어 나가는 것 말고는 달리 그 어떤, 어떤, 어떤 의무도 없다."[8]

재능이란 영재에게만
해당되는 것이 아니라,
좋아하는 일로 돈을 못 벌 것 같으면
해야 하는 일로 돈을 벌어서라도
좋아하는 일을 놓지 않는 꾸준함에
깃드는지도 모른다.

가짜 어른에 속지 않으려면

휩쓸리는 것이 휩쓸리지 않는 것보다 쉬운 시대에 우리는 살고 있다. 가짜가 너무 많아서다. 영국의 사전 출판사 하퍼콜린스는 2017년을 대표하는 단어로 '페이크 뉴스(가짜 뉴스)'를 선정했다. 가짜는 점점 더 교묘해지고 소셜네트워크를 통해 빠르게 전파되는 중이다.

미국 매사추세츠공대 연구진은 가짜 뉴스의 SNS 전파 속도가 진짜보다 최고 스무 배 빠르다는 결과를 『사이언스』에 발표했다. 트위터상에서 확산된 뉴스들의 진위 여부를 검증해보니 가짜 뉴스는 진짜 뉴스보다 리트윗되는 비율이 70퍼센트가량 높았다.[9]

뉴스의 진위 여부를 알아차리는 힘을 키우는 일은 이제 전문가뿐 아니라 일반 시민에게도 꼭 필요한 능력이 되었다. 이제는 단순히 텍스트를 읽는 능력이 아니라 텍스트 속 숨은 의도를 파악하는 능력이 중요하다.

이 같은 가짜 뉴스 문제는 '가짜 어른'에게도 적용된다. 각계에 멘토라는 사람, 전문가라는 사람이 넘친다. 당장의 기회가 절실한 청년들은 시간을 두고 관찰할 여유를 갖기 어렵고 경험이 별로 없어 나이와 직책이라는 권위에 속기 쉽다.

가짜 어른은 자신의 욕심을 타인을 위한 선의로 포장해 믿게 하며 그럴싸한 말로 사람을 현혹해 세를 불린다. 이들이 힘을 얻어 높은 자리로 갈수록, 횡포에 익숙해진 사람들은 분노만을 내면화하고 착취당하는지도 모르는 채로 무기력해진다. 그러다보면 문제의 원인을 자신이나 자기보다 더 약한 사람에게 돌리는 데 익숙해져 개선이 더욱 어려워진다.

더 나은 삶을 살아가길 원한다면 권위에 속지 않고 가짜 어른을 구별하는 힘을 길러야 한다. 사람 보는 안목을 길러야 하는 것이다. 어떤 상사를 만나고 어떤 정치인에게 투표하는지, 누구를 연인이나 친구로 두는지에 따라 인생은 궤도를 완전히 달리한다. 세상은 끊임없이 선택하는 일로 이루어져 있고, 그처럼 크고 작은 선택을 하는 데는 주변에 어떤 사람이 있는지가 매우 강력한 영향을 끼치기 때문이다.

내 경우에는 리더로 믿을 사람을 측정하는 몇 가지 기준이 있다. 그리고 이런 거름망은 누구에게나 하나쯤 필요하다.

첫째, 말과 행동이 달라 헷갈릴 때는 행동만 보자. 그럴싸하게 말하기는 쉽다. 말과 행동이 같기란 어렵다. 사람들은 말과 행동이 다를 경우, 자꾸 말을 믿으려 하지만 말은 그 사람이 아니고 행동이 바로 그 사람이다. 가정폭력을 휘두르는 사람은 상대를 사랑한다고 하며 때린다. 다음날 사과하며 반성하지만 그 다음날 또다시 폭력이 반복된다. 한편에 사랑한다는 말과 다시는 그러지 않겠다는 맹세가 있고 또다른 한편에 폭력을 휘두르는 행동이 있다. 상대를 믿고 싶다는 욕망이 크면 자꾸만 말에 마음이 기울어 속고 또 속는다. 특히 약자에게 하는 행동이 그 사람의 본성에 가깝다. 비슷한 논리로, 장밋빛 미래를 이야기하는 사람의 약속에만 귀기울일 것이 아니라 그의 과거 행적을 확인해야 한다.

둘째, 성공의 원인을 자기 능력에서만 찾는 사람은 믿지 않는다. 물컵 갑질 사건으로 논란이 된 재벌 3세는 그 사건 뒤 예정된 강의를 취소했다. 그는 CEO를 꿈꾸는 이들에게 성공적인 경영 비결을 강의할 예정이었다. 또다른 재벌 3세 기업인은 어느 강연에서 내가 그랬듯 당신들도 하고 싶은 걸 당장 시작하라고 했지만, 자본주의 사회에선 하고 싶은 게 뭔지 알면서도 돈이 없어 못하는 이가 훨씬 많다. 성공한 이들 중엔 개인의 노력만을 강조하는 경우가 많은데, 저마다 출발선이 다르므로 운도 그만큼 중요한 요소란 걸 인정하는 정도가 정확한 현실 인식에 가깝다.

노스캐롤라이나대 심리학과 교수 키스 페인은 저서 『부러진 사다리』에서 무모하고 근시안적인 결정을 내리기 때문에 가난한 것이 아니라, 가난하면 여유가 없어 당장의 이익에 급급하기에 무모한 결정을 내리기 쉽다는 연구 결과를 소개했다. 실패도 성공도 개인만의 것은 아니라는 사실을 이해하지 못하는 사람은 자신에게 도취되어 있고 남을 쉽게 폄하하며 불운이 곧 무능이라는 편견을 퍼뜨려 사회의 부조리를 강화한다.

각종 온라인 플랫폼에서도 가짜에 속지 않으려는 노력을 구체화하고 있다. 구글, 페이스북, 트위터 등 주요 온라인 플랫폼도 '신뢰 프로젝트Trust Project'를 가동시켰다. 언론사의 윤리 수준이나 신뢰 지표를 확인하여 사용자가 기사의 배경을 체크하도록 하겠다는 거다. 가짜를 놔두면 범람하고 구성원의 공공에 대한 신뢰를 떨어뜨린다는 것을 확인했기 때문이다.

대개 우리는 관찰은 적게 하고 판단을 많이 하지만 세상엔 오래 봐야만 알게 되는 진실이 반드시 있다. 내가 주변에 두기로 결정한 사람들은 어떤 식으로든 나를 닮았고 또 나는 그들을 닮아간다. 결정을 하기 전 충분히 물어보자. 진짜가 정말 맞는지를.

버려진 게 아니고 발견되었다

소설가 조해진의 책 『단순한 진심』은 프랑스로 입양되었던 아이 '나나'가 커서 자신의 시작을 찾아 한국에 온 뒤 겪는 과정을 그린다. 주인공은 세 살 무렵 부모와 헤어져 철로에서 울고 있다가 그를 본 기관사에 의해 구해졌다. 결혼하지 않고 어머니와 함께 살고 있던 기관사는 나나를 곧바로 경찰에 인계하지 않고 일 년가량 자신의 집에 데려가 돌봐주었다. 나나에게는 기관사가 지어준 한국 이름이 있었고 그의 어머니가 자주 해준 음식에 대한 추억이 남아 있었다. 나나는 어린 시절을 이렇게 기억한다. 생모가 자신을 버린 뒤 달아났다고. 기억 속 자서전 첫 페이지는 이렇게 시작했다. 나는 친모가 철로에 버린 아이라고.

이토록 비참한 기억의 첫 장을 찢어든 채로 가족에 대한 소식을 수소문하던 나나에게, 우연히 한국에서 이 여정을 함께하던 서영이 던진 질문은 그를 멈춰 세울 수밖에 없었다. 그동안 나나가 살면서 한 번도 의심한 적 없던 사실을 전면으로 부정하는 질문이기도 했다. 나나를 당혹스럽게 한 서영과의 대화는 이러했다.

> "왜 철로라고 확신하는지, 그게 궁금했어요."
>
> "확신이요?"
>
> "철로에 버려진 게 아니라 청량리역 근처를 헤매다가 철로까지 간 것일 수도 있지 않을까요? 세 살이나 네 살 아이라면 철로가 위험한지도 몰랐을 테니까요. 근데 애초에 버려진 곳이 철로라고 단정해버리면……"
>
> "……"
>
> "그럼 어린 시절의 자신이 너무 가여워지잖아요."[10]

나나는 서영의 말을 들으며 깨닫게 된다. 그곳에서 자신이 버림받는 장면을 본 사람은 없고 철로는 그저 발견된 곳에 지나지 않는다는 사실을. 철로에 버려졌다는 결론은 자신을 불쌍히 여기기 위함이었으며 생모를 그리워하면서도 깊이 미워할 수밖에 없던 구실이었다는 것을.

비슷한 표현이 다른 책에도 있다. 입양아를 오십 년 넘게 돌본 조병국 원장은 자신의 저서 『할머니 의사, 청진기를 놓다』 출간 직후 한 신문사와 했던 인터뷰에서 이런 이야기를 했다. 예전에는 정직하게 입양 서류 출생란에 '기아棄兒'라고 썼는데 나중에 커서 자신의 자료를 찾아본 아이들이 상처받는다는 걸 알게 되었다고. 그래서 80년대부터 '버려졌다'는 표현 대신 '발견되었다'라고 쓰게 되었다고.

사실의 어떤 면에 집중하느냐에 따라 전혀 다른 광경이 펼쳐지고 같은 사실이어도 단어를 고쳐 쓰는 것으로 불행이 희망에 가까워질 수도 있다. 인생에서 일어난 사건들을 돌아보며 내 식으로 해석해낼 때, '발견되었다'라고 쓸 수도 있는 것에 굳이 '버려졌다'고 쓰지는 않았는지 돌이켜본다. 지나온 시간에 대해 말할 때, 사실만을 말하는 사람은 없다. 기억은 그 자체로는 너무나 연약해서 편집되기도 왜곡되기도 너무 쉬우니까. 특히 자신의 인생에 대해서라면 사실이어서 믿는 것이 아니라 믿고 싶은 것이 사실이 된다. 누구나 믿고 싶은 기억을 취사선택하고 미화하고 상상력을 발휘하며 어떤 것은 과장하고 어떤 것은 슬그머니 삭제한다.

특히 가족이나 연인같이 중대한 인간 관계의 경우 일방적으로 상처받았다고 회상하는 경우가 많은 것 같다. 시간이 흐르고 눈에서 멀어져야 다시 보이는 상황이 있다. 부모로부터 받지 못한 애정이나 지원 때문에 스스로를 결핍 덩어리로 여긴 시절이 있었다. 나라는 캐릭터가 이 중대한 결함 때문에 주인공 옆에서 배경만 되다 사라지리라 예감한 적도 있었다. 그러나 이제는 다르게 해석한다. 그 덕에 얻은 억척스러움이 더 나은 삶을 찾아 나선 원동력이었다고. 연애도 마찬가지. 사랑이 끝날 때마다 문제를 복기하며 같은 실수를 하지 않으려고 애썼고, 그 과정을 통해 내가 진짜로 원하고 편안해하는 사람을 알아챌 수 있었다. 친구 관계에서도 멀어지는 당시에는 섭섭했지만 이제 안다. 그 아이가 달라진 게 아니고 나의 상황과 관심사가 변한 것이며, 그에 따라 자주 보고 싶고 편안한 이가 바뀔 수밖에 없다는 걸.

인생에서 일어나는 많은 일에는, 당장 놀라고 당황한 나머지 '발견되었다' 대신 '버려졌다'고 일단 써두게 되는 것 같다. 버려졌다고 해석하더라도 당장의 상황을 견디는 데는 도움이 된다. 미움과 분노를 동력으로 하여 난관을 헤쳐 나가는 것도 가능하니까. 그런데 여기서 격랑의 파도는 추후에 상황을 곱씹어보는 순간에 불현듯 온다. 어른이 된 입양아가 자신의 뿌리가 궁금해져 입양 서류를 찾아가게 되듯이. 과거를 후벼파다 인생의 장르를 신파나 비극으로 쉽게 결론 내리는 데서 진짜 괴로움이 시작된다.

스스로를 불행한 사람으로 해석하는 걸 멈추지 않으면, 과거와 싸우는 데 몰두하느라 앞으로 나아갈 수 없다. 그로써 얻은 자기연민이 지나치면 그에게 사랑을 주던, 건강한 정서를 가진 주위의 사람들이 오래 버티지 못하고 떠나간다. 불행한 마음은 불길한 미래를 예감하며 걸신들린 듯 관심과 배려를 갈구하기에 상대에게서 감정의 끝장을 보고야 마는 습성이 있다. 그래서 이 불길한 예감은 자주 맞아떨어지는 예언이 된다. 상처에 압도되어 자기를 불신할 때는 그 뜨거움을 주변과 나누려 하지만 그럴 때의 불행은 전염되기만 하지 줄어들지는 않아 도리어 자꾸 외로워진다.

불쌍한 아이라는 자기연민의 힘으로 어찌 됐건 살아남았다면, 어른이 된 후에는 자기 인생에 쓰인 기록을 더 나은 쪽으로 고쳐 쓰는 연습을 해야 한다. 더 나은 사람을 주변에 두기 위해서. 더 나은 상황을 마주하기 위해서. 한참이나 남아 있는 결말을 위해서. 나무도 상처가 깊을수록 옹이가 남아 결점처럼 보이기도 하지만 어떤 때는 그 자체로 개성 있는 멋이 되기도 한다. 이게 바로 상처가 우리에게 약속하는 위로다. 생각해보면 우리가 좋아하는 이야기의 주인공들은 모두 고난을 겪은 뒤 성장하며 변화한다. 처음부터 끝까지 변화 없는 캐릭터는 조연이나 악역뿐이다. 바꿔 말하면 주인공의 성장과 변화에는 고난이 필연이다. 어떤 고난을 겪을지는 우리가 선택할 수 없지만 그걸 대하는 자세만은 우리가 택할 수 있다. 내가 주인공인 이야기를 해피엔딩 쪽으로 결론내고 싶다면 가능한 한 버려지기보다 발견되는 쪽을 택하는 것이 좋겠다.

1부 인용 출처

1 김연수, 「비에도 지지 말고 바람에도 지지 말고」 『내가 아직 아이였을 때』, 문학동네, 2016, 281~2쪽.

2 박경신 교수 페이스북 게시글, 2016. 2. 19.

3 Betty Hart and Todd R. Risley, *Meaningful Differences in the Everyday Experiences of Young American Children*, Baltimore, Brookes Publishing, 1995.

4 한국일보 2019년 8월 30일자 「1%가 아닌, 20%에게 불평등의 책임을 묻는다」 참조.

5 헤르만 헤세, 안인희 옮김, 『데미안』, 문학동네, 2013, 136쪽.

6 나카지마 아츠시, 이철수 그림, 명진숙, 신영복 옮김, 『역사 속에서 걸어나온 사람들』, 다섯수레, 1993, 43~4쪽.

7 헤르만 헤세, 같은 책, 110쪽.

8 같은 책, 153쪽.

9 경향신문 2018년 3월 9일자 「가짜뉴스 SNS 전파 속도 '진짜'보다 최고 20배 빨라」 참조.

10 조해진, 『단순한 진심』, 민음사, 2019, 191쪽.

2부

속도와 균형을
달걀처럼 들고

회사인간이
아니라도
살 수 있을까

원하던 회사로부터 최종 거절 메일을 받았을 때 연극의 한 장면처럼 주변이 암전되었다. 만화의 한 장면처럼 느낌표가 가득 찍힌 뾰족뾰족 말풍선이 머릿속에 떠올랐다. 다리를 구부리고 누워서 오래오래 흐느꼈던 기억. 그렇게나 입사가 간절했던 때가 있었다. 그로부터 수년이 지났을 때도 회사 때문에 울었다. 퇴근하고 집에 들어와 세수하다 눈물이 터졌는데 남편이 들으면 걱정할까봐 욕조에 물을 받으며 통곡했다. 안방과 화장실이 바로 붙어 있는 집이라 그래봤자 다 들렸나 보다. 태연한 척 샤워를 마치고 나오니 남편이 물끄러미 쳐다봤다. 발개진 눈을 보더니 그가 말했다. "너무 힘들면 퇴사도 생각해봐."

퇴사? 퇴사라고? 내가 퇴사할 수 있을까? 퇴사라는 선택지가 있다는 것 자체가 새삼 생소하게 들렸다. 초등학교에서 육 년을 보내면 중학교와 고등학교에서 각각 삼 년을 보낸 뒤 대학에 진학하고 또 졸업한다. 의지로 택하지 않아도 끝이 예정된 세계와 달리 직장은 헤어지는 순간이 정해져 있지 않아 잊고 있었다. 소속과 직업으로 나를 표현하는 것에 익숙했고 연차가 쌓이며 자신감도 한창 올랐을 때였다. 회사에서 인정받고 승진하며 연봉이 오를 때, 생일이나 기념일 같은 이유가 아니어도 갖고 싶은 걸 결제할 때 행복했다. 그런 건 가짜 행복이라고 조언하는 사람이 많은데 글쎄, 돌이켜봐도 그 당시 최초의 그 성취감들은 진짜였다.

입사 전까지는 스스로를 부유하는 부레옥잠 정도로 느꼈다. 기존에 속한 곳들은 벗어나고만 싶은 곳이어서 이방인처럼 맴돌았다. 고향이 싫어서 탈출하기만을 꿈꾼 뒤에 마침내 도착한 서울. 외로웠으나 정규직으로서의 소속감만은 유일하게 달달했다. 마음 깊이 회사에 충성을 여러 번 맹세했었다. 서울에서 만난 남자와 결혼까지 하게 되고는 드디어 여기에 뿌리내리게 됐구나 싶어 안도하기도 했다. 그런데 퇴사를 한다고? 아등바등 고생해서 그나마 이만큼 왔는데, 또다시 바닥으로 내려가지는 않을까?

내가 처음으로 퇴사를 생각하게 된 즈음에는 마침 '퇴사'라는 키워드가 사회적 이슈로 떠오르고 있었다. '퇴사학교' 같은 곳이 생겨나고 퇴사와 관련된 책이 여럿 베스트셀러가 되었으며 안정적인 직장을 뛰쳐나온 이들을 다룬 방송이 화제가 되었다. 대기업에 입사했지만 영혼이 망가지는 걸 느낀 청년이 사직서를 내고 그동안 모은 돈으로 해외여행을 다녀왔다는 것이 퇴사한 이들을 조명할 때 주로 쓰이는 내러티브였다. 주변에서도 퇴사하는 이들의 소식이 자주 들려왔다. '지금이 아니면 안 될 것 같아서' '여기만 아니면 어디라도 괜찮을 것 같아서' 퇴사하고 여행부터 간다는 사람이 많았다. 그런데 그뒤의 스토리는 잘 들려오지 않았다. 몇십 년간 없던 자아가 퇴사 후 단번에 찾아지는지도 의심스럽지만, 그 자아를 찾았다 쳐도 시간이 지난 후엔 어떻게 되는 거지?

그 질문에 상당 부분 답이 되어준 건 저널리스트 출신 이나가키 에미코가 쓴 책 『퇴사하겠습니다』였다. 그는 자유를 찾고 싶어 십 년간 퇴사를 준비했고 마침내 목표를 이루었다. 그의 책은 퇴사를 독려하는 책이 아니라, 회사 밖에는 어떤 풍경이 있는지 현실적으로 알려주어 마음의 준비를 단단히 하게끔 했다. 직장이 없으면 신용카드 한 장 만들기 어렵다는 걸 이 책으로 처음 알았다. 작가는 말했다. 회사는 나를 만들어가는 곳이지 의존하는 곳이 아니라고. 회사원이 인생의 전부가 아니며 퇴사해도 괜찮다는 것을 아는 데부터 시작이라고. 회사는 사랑하지 말고 적당히만 좋아하라고. 퇴사 후에도 살아갈 수 있는 자신을 열심히 준비하라고.

회사를 졸업한다는 개념으로 퇴사를 바라보는 자세가 실용적이어서 관련된 그 어떤 조언보다 명쾌했다. 다음 커리어를 생각해두지 않은 채, 돈도 많이 모아두지 않은 채 회사부터 그만둬버리면 생활비가 떨어지는 시기에 맞춰 행로를 결정할 수밖에 없다. 퇴사 이후를 준비하는 관점으로 바라보니 해야 할 것이 정리되었다. 어딘가를 졸업하기 위해서는 이곳에서 정해진 과업을 완수한 후 다른 곳에 입학할 수 있도록 내 상태와 상황을 업그레이드해야 한다. 퇴사 이후에 어떻게 살아갈지 방법을 모색하고, 재정 상태를 체크해서 목표치를 세워야 한다. 그리고 정해진 목표에 도달하기 전까지는 최대한 졸업을 유예해야 한다. 회사 이후의 삶, 회사 밖의 삶을 상상한 건 처음이었다. 어딘가에 소속되어 있다는 그 아늑함에 잊고 있었다. 목표가 생기니 챙겨야 할 게 많았다.

오랜만에 채용 사이트에 들렀다. 관심 분야 채용 공고를 확인해보니 어떤 부분의 이력을 더 채우면 될지 감이 왔다. 향후 커리어를 생각하면 홍보 업무를 해보는 게 도움이 될 것 같아 회사와 상의해 업무를 조정했다. 일 년 차 이하일 때 퇴사하는 건 도저히 회사나 직무가 맞지 않고 맞추고 싶지도 않아서인 반면, 삼 년 차 정도가 지나 하게 되는 퇴사 고민은 결이 다르다. 어느 정도 하던 일에 익숙해졌지만 의미도 재미도 못 느낄 무렵 여기저기 누가 더 좋은 곳으로 이직했다는 소식이 들려와 마음이 싱숭생숭해진다. 전에는 보이지 않았던 회사의 불합리한 점이나 선배들의 부조리한 모습이 하나둘 체감되기 시작한다.

삼 년 정도를 큰 탈 없이 버텼다는 건 어느 정도 회사에서 인정받고 있다는 증거이기도 하다. 그런데도 딴생각이 들기 시작한다면 이력서를 매년 새롭게 써보고 채용 공고를 꾸준히 확인하는 게 목표 설정에 도움이 된다. 이직이 아니라 창업이나 예술 쪽에 관심이 생긴다면 그 또한 막연히 생각만 하지 말고 적극적으로 어디부터 시작할 수 있을지 정보를 찾아봐야 한다. 특히 비슷한 처지였으나 현재는 내가 원하는 업계에 가 있는 사람들의 과정을 참고하면 좋다.

한편, 회사 동료와 밖에서 만나는 일을 최대한 줄였다. 회식같이 불가피한 경우를 제외하고 술은 마시지 않는 걸 원칙으로 했다. 술은 한번 마실 때 감수해야 하는 시간과 에너지의 소모가 너무 크다. 술자리에는 식사와 달리 최소 네 시간

이상을 쓰게 된다. 집에 가서도 쓰러져 자기 바쁘고 다음날 아침에도 일찍 일어나 무언가를 할 수 없다. 또 회사 사람들과 술을 마시면 공통된 화제가 회사일 외엔 없어서 필연적으로 자리에 없는 사람이나 시스템 욕을 하며 위안을 얻는다. 보통 그런 대화는 나만 힘든 게 아니구나 하는 위안으로 끝나버리지, 현실을 개선할 의지로 연결되지 않는다. 반복될수록 패배감과 적대감이 치석처럼 들러붙어버리는 것만 같다. 특히 팀장이 되고서는 절대 같은 팀 후배와 개인적으로 술자리를 갖지 않았다. 함께 취하고 나면 어쩐지 더 친해진 것 같은 마음이 들기에 업무에 어떤 식으로든 영향을 줄 수 있다고 판단했다. 회사는 친구 만들려고 다니는 게 아니니까.

퇴사 준비를 하자 그에 필요한 목표액도 설정됐다. 입사 후 이 년간은 버는 대로 다 썼다. 카메라나 노트북 같은 걸 사고 여러 해를 입어도 망가지지 않는 옷과 신발을 샀다. 해외여행도 갔다. 누군가는 낭비했다고 생각할 수도 있겠지만 다시 돌아가도 그렇게 할 것이다. 그렇게 돈을 써보았기 때문에 불편함 없이 바로 신용카드를 없앨 수 있었으므로. 그동안 쓸 만큼 썼지, 수긍하며 자연스럽게 놓아졌다. 커진 씀씀이를 돌려놓는 데는 적응 기간이 필요했다.

아껴둔 시간에 글을 썼다. 퇴근 후엔 영상 제작이나 카피

라이팅 등 관심 있는 분야를 배우기도 했다. 이 과정에서 다른 업계 사람들을 적극적으로 만나자 얕은 연결고리가 생겼는데, 여기서 정보를 얻거나 업무에 종종 도움을 받았다. 회사에만 집중하다보면 비슷한 사람들만 만나게 되어 바깥에 다양한 사람들이 있다는 걸 자꾸 잊게 되는데, 당연한 이 사실을 일깨울 수 있어서 좋았다. 이러한 과정은 회사일로 인한 고민들을 너무 심각하게만 받아들이지 않고 객관화하는 데도 요긴하게 쓰였다. 이처럼 원하는 일이 있다면 퇴근 후의 시간을 써서 꾸준히 성과물을 내본 뒤 '갈아탈' 가능성을 점치는 게 효율적이다.

퇴사 준비생이 바쁜 이유는 퇴사 준비를 하면서도 다니는 회사 업무에 지장을 주어서는 안 되기 때문이다. 양심적으로 월급 받는 만큼은 일해야 한다. 향후 이직할 때 평판 조회가 될 가능성도 염두에 둬야 하고. 게다가 회사에서 하루의 삼분의 일 이상을 보내는데, 이곳에서 부정적인 피드백을 주로 받게 되면, 퇴근 후 다른 과업을 완수하는 데 필요한 에너지가 소진돼버린다. 물론 돈이 많다면 이 모든 걸 고려할 필요 없이 퇴사부터 하고 천천히 앞날을 모색해도 되겠지만, 언제나 그렇듯 그런 건 우리에게 해당 사항이 없다.

핵심은 회사에 있을 때는 회사원으로 살지만 회사 바깥이 있다는 걸 잊지 않는 것이다. 회사를 졸업할 수 있다는 생각을 염두에 두고 여기 있는 동안 무엇을 얻어낼까 생각하는 걸 잊지 않는다면, 자아는 여행을 떠나지 않아도 만날 수 있다. 하루하루 성실하게 자신의 몫을 다하는 일상에도 자아는 존재하니까.

하루치 기분의 마지노선 정하기

내가 별로 좋은 사람은 아니라고 느끼게 된 건 회사에 다니면서였다. 회사에서 직급이 낮을 때는 상사의 지시나 지적에 많은 영향을 받곤 했다. 도미노처럼 감정이 연쇄적으로 북받쳐 집에 돌아가서도 회사에서의 일을 떠올리며 종종거렸다. 그래도 상대적으로 이때까지는 남에게 피해는 덜 주었던 것 같다.

진짜 문제는 나의 연차와 직급이 올라가면서부터였다. 상사나 고객사에게 부당한 대우를 받은 날이면 같은 날 회의에서 만난 후배들에게 감정을 싣지 않기가 힘들었다. 내 기분이 나쁠 때 하필 실수하는 후배를 보거나 약속 시간에 늦는 후배를 볼 때, 회사나 나에 대해 불만을 털어놓는 후배를 볼 때 평소 같으면 하지 않을 말을 더 하곤 했다. 술을 많이 마시는 게 부끄러워 그걸 잊으려고 술을 마신다는 술꾼의 아이러니처럼, 회사에서 기분 상한 채 일하다 남에게 들켜버리고는 기대 이하인 자신에게 또 실망해서 우울해할 때가 있었다.

내가 힘들 땐 다른 사람에게 다정한 말 한마디 하기 어렵다. 내가 지쳐 있으면 남을 시기하고 원망하는 쪽으로 자주 결론이 난다. 내 양손에 짐이 가득 들려 있는데 어떻게 다른 사람의 짐을 선뜻 들어줄 수 있을까. 일을 가득 안고 야근을 하고 있으면 정시 퇴근을 하는 막내가 얄미워 보인다. 내가 오전 미팅에서 고객사 직원에게 갑질을 심하게 당한 날, 오후에 면담을 요청한 후배가 힘든 점을 이야기하며 울먹이면 '그동안 힘들었구나' 하는 안쓰러움보다 '너만 힘드냐. 나도 힘들어' 하는 울컥함이 더 들기 쉽다.

프로는 자신의 기분을 티내지 않는다고, 기분을 업무에 끌고 와서 나쁜 영향을 끼치지 않는다고 배웠다. 『기분이 태도가 되지 않게』라는 책도 있지 않나. 회사에 가면 좋은 기분을 유지하며 일하기 위해 애썼다. 그런데 이게 속세의 인간인 내게는 너무 힘들었다. 돈 받고 일하면서 마음의 평정을 지키고 언제나 배려하는 인간이 되기는 불가능에 가깝다. 여기저기에서 우발적으로 사건이 터지는데 내 마음만 고요할 수 없었다.

최소한 덜 나빠지는 하한선이라도 정하기로 했다. 하루치 기분의 마지노선을 정한 것이다. 좋은 기분을 유지하기가 어렵다면, 최소한 일정 이하로는 떨어지지 말자고 생각해서다. 예를 들어, 체중이 50킬로그램 언저리인 사람이 45킬로그램 이하로 살을 빼고 유지하는 건 어렵다. 철저하게 식이조절을 하다가 하루 무너지면 폭식하고 자신을 미워하는 일을 반복하는 경우가 부지기수다. 그런데, 최소한 55킬로그램은 넘지 말자고 결심하면 스트레스를 덜 받게 된다. 많이 먹은 다음 날엔 저녁을 먹지 않는 식이라면 큰 의지가 없어도 지속가능하다.

나는 피곤하면 면역력이 약해져 꼭 잇몸에 물집이 난다. 며칠 잠을 잘 못 자거나 스트레스를 받을 때면 물집이 날 시기를 가늠해서 맞힐 정도다. 이젠 자연스럽게 물집이 날 때면 쉬라는 신호로 받아들인다. 이처럼 우울증으로 가는 전조 현상으로 마음에도 물집이 생길 때가 있었다. 그럴 때 어떤 증세가 나타나는지를 정리해보았다. 몇 개나 해당되는지 세어보고 해당 사항이 많으면 잠시 멈춤을 눌렀다. 마음에 물집이 날 땐 중요한 결정은 미루고, 대면 만남을 줄이거나 미루고, 소소하게 기분 전환이 되는 곳에 가서 맛있는 걸 챙겨 먹었다. 가장 중요한 건, 내가 지금 병나기 직전이라는 걸 깨닫기만 했을 뿐인데 그 상황을 객관적으로 보는 힘이 생겼다는 거였다.

내 마음이 많이 지쳤고 우울하다는 걸 알려주는 체크리스트는 대략 이렇다. 첫째, 소리내서 웃거나 농담을 하지 않게 된다. 가끔 나이든 사람에게서 기괴한 표정을 볼 때가 있지 않은가? 우는 것도 웃는 것도 아닌, 감정이 느껴지지 않는 굳은 얼굴 말이다. 표정 근육을 쓰지 못하게 된 사람이나 다른 이들이 웃어도 입꼬리가 파르르 떨리기만 하는 사람. 이런 경우는 여자보다는 남자에게서, 성공한 사람에게서 더 많이 볼 수 있다. 감정을 티내지 않는 것에만 익숙해지면 웃는 법을 잊게 된다. 농담도 마찬가지다. 농담은 현실을 살짝 비틀어서 그 대상에서 거리를 유지하게 함으로써 현실을 잠시 가볍게 해주는 것인데, 매사가 심각해지면 농담할 여력도 의지도 없어진다.

둘째, 건망증이 심해지고 계절과 풍경에 대한 감흥이 사라진다. 감당할 수 없는 스트레스를 받으면 뇌에 과부하가 걸리고, 그걸 해결하는 과정에서 중요한 것에만 집중해 자잘한 기억들을 지우는 경향이 있는 것 같다. 실제로 기억력 감퇴를 호소하는 젊은 사람들의 경우 정말로 뇌기능이 퇴화되어서가 아니라 과도한 스트레스 때문에 그런 경우가 많다는 정신과 의사들의 소견이 있다. 머릿속이 스트레스로 꽉 차면 관찰력과 감수성이 떨어져 주변의 변화를 감지하지 못하는 경우도 많다. 그러니 계절감이 사라지고 좋은 것을 봐도 좋은 줄을 모른다.

셋째, 다른 사람에게 관심이 많아지고 남의 작은 실수에도 엄격해진다. 내 일상이 만족스럽고 나의 일에 긍정적으로 집중하면 다른 사람에게 에너지를 쓸 시간이 없다. 다른 사람을 부러워할 필요도 없다. 그런데 자꾸만 다른 사람과 비교해서 나를 보게 되고 그의 일상에 감정적으로 의미 부여를 많이 하게 되는 건 반대로 내 삶에 불만족하기 때문일 수 있다. 또 마음이 힘든 상태에서는 다른 사람이 실수를 하더라도 여유롭게 이해해줄 에너지가 없거나 자격지심이 생기는 바람에 불필요한 의미 부여를 하게 되곤 한다. 예를 들어 누군가 실수로 엘리베이터 안에서 내 발을 밟았을 때 마음이 건강하지 않은 상태에선 '나를 무시하나?' '일부러 그런 거 아냐?' 하는 의심이 꼬리를 물게 된다.

마지막으로, 꼭 필요한 것이 아닌데도 자꾸 무언가 사고 싶을 때와 배가 고프지 않은데도 꾸역꾸역 먹고만 싶을 때는 마음이 허전해서였다. 회사 생활을 하다보면 이렇게까지 일해야 하는 이유를 못 찾겠다 싶은 순간이 있는데, 그때 무언가를 소비하는 걸로 합리화하는 경우가 많은 것 같다. 또 따뜻하고 매콤하고 달달한 음식을 통해 즉각적으로 마음을 채우고 싶은 충동이 자주 찾아온다. 이런 식탐은 잘 활용하면 스트레스 해소에 도움이 되지만 잦은 폭식으로 넘어가는 순간 마음 한편의 지지대가 무너진 것일 수 있으니 지켜보아야 한다.

'곳간에서 인심 난다'는 말을 믿는 나는 이제 수시로 내 마음의 곳간을 살펴본다. 얼마나 여유 있게 비축되어 있는지, 당장이라도 꺼내 쓸 수 있는지를 확인하고 재고가 부족하면 당분간은 아껴 쓰면서 좋은 것들을 더 채워 넣으려 애쓴다. 나를 위해서이지만 나를 위한 것만은 아니다. 곁에 있는 이들을 잘 배려하기 위해서다.

나의 상태를 마지노선 이하로는 떨어지지 않게 관리하기, 적당히 이기적으로 나의 상태부터 챙긴 뒤에 다른 사람을 이타적으로 대할 수 있도록 해보기, 상처받은 자신을 보호하고자 자꾸만 모든 것에 무감해지려는 마음을 잘 다독여 생기 있게 유지하기. 회사 생활에서 습득한 나와 주변을 지키는 기술이다. 직장 생활을 하다보면 상사의 기분을 헤아리고 눈치를 보는 데 많은 에너지를 쓰게 된다. 그중 일부라도 내 기분을 맞추는 데 쓰도록 설계하고 연습해야 한다. 눈앞의 것만 처리하다 더 중요한 것을 잃어선 안 되기에.

이 일만 하는
사람은 아니야

직장인이자 글 쓰는 사람. 직장 생활을 할 때 나의 대표 자아는 둘이었다. 회사를 그만두게 된 지금의 주요 자아 또한 여러 개다. 대표적으로 나는 글 쓰는 사람이자 아기 엄마다. 글쓰기와 직장 생활을 병행했을 때는 그것만으로도 벅차서 출산과 육아를 무기한 미뤄두었다. 그러다 십 년간 다닌 직장을 정리하며 비슷한 시기 임신을 계획했고 운좋게 같은 해에 아이가 생겼다. 여러 자아를 유지하면서 살면 어느 하나에만 올인하지 않아도 되는 장점이 있다.

직장 생활을 할 때부터 이렇게 여러 자아를 유지할 필요성을 느꼈다. 회사가 힘들어서, 일을 잘 못해서와 같은 이유는 아니었다. 회사 생활을 통해 성취감을 느낄 때가 많았고 동료로부터 배운 것이 많았다. 프리젠테이션 기술과 협업 능력, 비즈니스 매너 같은 스킬도 단련할 수 있었다. 상사의 인정, 밀리지 않는 월급과 4대보험이 주는 안정감, 소속감과 유대감 같은 것들이 달콤해서 오래오래 회사 생활을 하고 싶던 적도 있다. 다만……

잘하고 싶다, 인정받고 싶다는 생각이 과해지면 앞만 보고 달리게 되는 것 같다. 열심히 하는 만큼 화가 자주 난다. 갑질을 당할 때, 불성실한 동료를 봤을 때, 일이 틀어졌을 때…… 회사원의 눈으로만 세상을 보면 다니는 회사와 직급으로 사람을 평가하게 되고 일과 사생활의 경계가 사라지기도 한다. 힘들 땐 뒷담화라도 해서 스트레스를 풀어야 하는데 그러려면 나의 특수한 상황을 알고 공감해줄 수 있는 사람이어야 하니 회사 동료와 사적으로 자주 만나게 된다. 퇴근 후에 술을 같이 마시며 회사 욕을 하고 자리에 없는 사람 욕을 하는 일의 반복. 입으로는 퇴사한다 돌림노래를 부르지만 마음 깊은 곳에서는 알고 있다. 그 누구보다 오래 남게 되리라는 걸. '회사원인 나'에서 '회사원'을 빼면 남는 게 별로 없으니까. 심지어 친구조차도.

오 년 차 이상이 되자 저런 모습의 이들이 눈에 들어오기 시작했다. 반짝이던 사람들, 여기가 아닌 어디에서라도 빛날 것 같던 사람들이 붙박이 가구가 되길 자처했다. 입만 열면 선배와 동료 욕을 하거나 후배를 괴롭히고 당연한 듯 다른 이의 성과를 가로챘다. 라인을 만들어 사내 정치를 하는 데 여념 없었다. 그들이 회사가 세상의 전부인 것처럼 행동하는 건 두려움 때문이었다. 여기에서 밀려날까봐, 지금 가진 것들을 잃게 될까봐. 물론 직장에 전부를 걸었을 때 성취할 수 있는 긍정적인 가치들도 있다. 그걸 부정하는 건 아니다. 알지만 그러고 싶지 않았다. 이상해 보이는 사람들의 저 모습이 내게도 당연해질까 두려웠다. 회사와 나를 적당히 분리하고 싶었다. 회사일을 대충해야 한다는 말이 아니다. 그저 몸이 회사 밖에 있을 때는 회사원이 아닌 다른 존재로 살고 싶었다.

자아실현이니 뭐니 하지만 일단 직장은 돈 때문에 다니는 것이다. 월급을 받는다는 건 채용시장에서 연봉에 맞는 노동력의 가치를 측정하고 끝없이 평가받아야 함을 의미한다. 평가받는 일만 하다보면 자신의 의견은 중요하지 않고 다른 사람의 눈치를 보는 것이 우선인 세계에서 살게 된다. 회사 생활을 오래하면서 인정받으면 결정권을 비롯한 이런저런 권한이 커지긴 하나 기본적으로 팀플레이인 건 변함이 없다. 그래서 반대의 일이 필요했다. 숫자로 평가받지 않는 일, 다른 사람의 감정이나 판단보다 나의 느낌이 우선인 일. 시작부터 마무리를 혼자 책임지는 일. 회사에 다닐 때 하루 평균 열 시간 정도는 직장인으로서의 자아를 유지하는 데 썼고 최소 하루 두 시간은 책을 읽거나 글을 쓰는 데 썼다. 7 대 3 정도의 비율로 일상의 시간과 에너지를 구성하자 괴로운 일이 줄었다. '내가 이 일만 하는 사람은 아니야'라는 주문은 생각보다 강력했다.

직장 생활을 하다보면 속이 펄펄 끓을 때가 있는데, 그럴 때 곧바로 상황에 몰입하면 더욱 열이 올랐다. 당분간 거리를 두고 한 김 식히는 게 정신건강에 좋았다. 회사원이기도 하지만 글 쓰는 사람이기도 하니 이 일을 기억해서 나중에 꼭 글을 써야지, 거기에 네놈 얘기는 꼭 넣어준다, 하고 뒤끝 있게 다짐하는 것이 차라리 더 도움이 됐다. 실제로 회사 생활에서 겪은 에피소드와 느낀 감정을 에세이로 쓴 적도 많다. 우리가 보통 분노를 이기지 못해 어쩔 줄 몰라 하는 때는 아무것도 할 수 없을 듯한 무력감이 원인인 경우가 많다. 그런데 이것을 다른 방식으로 해소할 수 있다고 생각하니 일정 부분 다독여졌다. 혹독한 현실을 마주했을 때 무언가 다른 방식으로 이를 표현하거나 잠시 덮어둘 수 있는 도구가 필요하다. 내 경우는 그게 글이었다.

반면 글을 쓰며 막막할 때도 많았다. 대단한 사람들을 보면 부러우면서도 영원히 뒤에서 박수만 칠까봐 두려웠다. 그럴 땐 직장인이니 다행이라고 위로했다. 돈은 다른 일로 버니 글쓰기로 빨리 승부를 봐야 한다는 조바심이 들지 않았다. 그러니 정떨어질 일 없이 묵묵히 썼던 것 같다. 후에 책을 내고 나서 많은 독자들이 물어봤었다. 직장 생활과 글쓰기를 어떻게 병행할 수 있었느냐고. 지금 생각해보면 적당히 거리를 유지해서 생활의 균형을 잡아가는 애매모호한 포지션이 롱런의 비법이었다. 직장 생활도 십 년 넘게 하고, 비슷한 시간 동안 글도 계속해서 쓸 수 있었던 비법.

대중매체에서도 한 사람이 여러 개의 자아로 활동하는 모습이 자연스럽게 등장한다. 2019년 국민 MC라 불리는 유재석이 트로트를 부르는 유산슬이라는 부캐(또다른 캐릭터)로 대중 앞에 섰을 때 신인가수로서 경험하는 상황들과 그가 짓는 표정을 따라가는 것은 즐거웠다. 비록 콘셉트이지만 프로그램 속에서 겪게 되는 일들은 그조차 까마득히 잊고 있던 신인 시절 같았다. MC로 업계 최고 수준의 출연료를 받는 그가 지방공연 행사비로 50만 원을 제안받았을 때, 최저가로 뮤직비디오를 찍어야 할 때, 평소에는 절대 입을 일 없는 반짝이 의상을 입었을 때 당혹스러워하는 표정을 짓는 게 재밌었다. MC로서는 더 올라갈 곳 없는 연예인이 장르를 틀자 여기저기에서 가르침을 받아야 하는 신인이 된 것이다.

이처럼 여러 개의 자아를 잘 운용할 수 있으면, 한 가지 자아를 접어야 하는 순간에 지나치게 좌절하지 않을 수 있다. 당장에 성과가 나지 않더라도 자책을 덜 하게 된다. 하나의 자아를 가지고만 살게 되면, 그 자아가 실패했을 때 지나치게 상심하기가 너무 쉽다. 주요 자아를 하나만 두게 되면, 다른 자아들은 그 하나를 위해 일방적으로 희생당하게 되기도 한다. 직장인으로서의 자아에만 중점을 두고 아빠라는 자아에는 소홀해서 아이와 멀어지거나, 직장인으로서의 자아에만 몰입해서 살다가 갑자기 은퇴를 하게 되면 주변에 아무도 남아 있지 않다고 우울해하는 경우가 많듯이.

지금은 글 쓰는 게 직업이지만 작가라는 자아가 다른 모든 정체성에 우선한다고 생각하지 않는다. 만약을 위해 밥벌이를 할 수 있는 다른 기술도 연마한다. 육아할 때도 마찬가지. 나는 엄마지만 엄마만은 아니다. 이유식은 사서 먹이고 주변의 도움을 받아 개인 시간을 가능한 한 확보한다. 인생을 갈아 넣지 않는다. 사람은 희생하는 만큼 본전 생각이 나게 되어 있으므로. 집착하지 않으면서 사랑하는 법을 배우는 과정이지만 아이를 보면 자꾸 내 분신같이 여겨져 거리 두기가 어렵다. 그러나 포기하지만 않는다면 어떻게든 되겠지. 다양한 자아를 가지고 계속해서 새로운 것을 익히고 싶다. 목표를 가지고 최선을 다하지만 그게 다는 아니라고 믿고 싶다. 중요하다고 믿는 것들을 양손에 달걀처럼 들고서 오래 걷는 균형 감각이 인생에는 필요하니까.

나의 상태를 마지노선 이하로는
떨어지지 않게 관리하기,
적당히 이기적으로 나의 상태부터 챙긴 뒤에
다른 사람을 이타적으로
대할 수 있도록 해보기,
상처받은 자신을 보호하고자
자꾸만 모든 것에 무감해지려는 마음을
잘 다독여 생기 있게 유지하기.
회사 생활에서 습득한
나와 주변을 지키는 기술이다.

회사에는
패자부활전이 없다

김세희의 소설집 『가만한 나날』을 읽다가 주인공이 직장 동료였던 예린씨를 회상하는 장면에 시선을 오래 두었다. 첫 회사에서 입사 동기로 만난 예린씨는 상사에게 일을 못한다는 평가를 받는다. 소설은 이후 그의 성격이 어떻게 변해가는지를 묘사하는데, 이 과정이 주변에서 한번쯤은 봤을 만큼 전형적이다. 다른 사람에게 일을 못한다는 평가를 받던 사람이 스스로에게 낙제점을 주게 되는 과정. 말수가 줄어들고 자기확신과 자신감이 회사 문밖을 나선 뒤에도 사라져버리는 과정.

창작 등 개인적인 프로젝트의 경우 초기에는 잘 풀리지 않더라도 추후에 술술 풀릴 때가 있고 학생일 때라면 저학년

때는 성적이 잘 나오지 않았지만 고학년이 돼서 성적이 수직 상승할 수도 있다. 아주 흔하다고 할 수는 없더라도 뜸한 일은 아니다. 그런데, 유독 회사 생활에서는 이 같은 대기만성 스타일을 좀처럼 볼 수 없다. 신입사원일 때는 무능하다고 평가받았는데 대리가 되어 일을 잘한다고 평가받는 경우를 본 적 있는지(물론 이 경우 애초에 승진 자체가 안 된다……). 처음에는 유능했지만 연차가 쌓이고 직급이 올라간 뒤 무능해진 사람은 자주 볼 수 있지만 그 반대의 경우는 거의 없다.

직장 생활을 하는 동안 유독 회사일에서는 첫 이미지와 기세가 압도적이라는 걸 체감했다. 사랑받고 자라난 사람에게 특유의 표정과 자세가 있듯, 사내에서 인정받는 사람에게는 누구나 알아챌 만큼 자신감이 생긴다. 일 잘한다고 평가받는 사람은 점점 목소리가 커지고, 적극적으로 자신의 입장을 피력하며, 자신의 전담 업무가 아닌 일에도 발언권을 얻거나 참여한다. 이건 타고난 성격의 문제가 아니다. 직장인에게는 출근용 인격이 따로 있으니까.

회사에서 인정받지 못하면 점차 목소리가 작아지고, 어떤 의견도 내기 어려워하기 시작한다. 심지어 자신의 전문 분야조차 확신이 없어진다. 왜냐하면 이렇게 '찍힌' 사람들은 자꾸 질문받기 때문이다. 왜 그렇게 했어? 확인한 거 맞아? 언제 했는데? 언제 할 건데? 어떻게 할 건데? 미심쩍어하는 상사에게 자꾸만 과정과 이유를 설명하다보면 주눅들고 자신감이 사라질 수밖에 없다. 디자인 작업을 하고 있는데 날 고깝게 여기는 이가 옆에 붙어 앉아 모니터를 지켜보고 있으면 평소 실력의 절반도 나오기 어렵다. 반면 일 잘하는 직원에게는 꼬치꼬치 진행 상황과 이유를 묻지 않는다. 지금껏 그랬듯 알아서 잘하리라는 믿음이 작용하기 때문이다.

여기서 가장 큰 문제가 생긴다. 소설 속 묘사된 예린씨의 모습처럼 직장에서 일을 못한다고 평가받은 사회초년생들이 자신이 이 조직이나 이 일과는 맞지 않는다고 생각하는 것이 아니라, 조직 생활이나 일 그 자체와 맞지 않는 사람이라고 믿어버리는 경우다. 그들은 열심히 하다보면 상황이 좋아지겠지 하며 막연히 버티다가 고립된다. 천천히 자기의 진가를 보여줘서 이미지 변신을 해보겠다고 생각하지만 그걸 증명할 기회는 좀체 오지 않는다.

직장 생활 초기에는 그저 지각하지 않고 인사를 잘하며 진행 상황 공유를 빠르게 하는 사람이라는 이미지를 주는 데만 집중하는 것도 좋다. 한마디로 의사소통에 문제가 없고 기본 태도가 좋은 사람이라는 이미지를 심어주는 것이다. 일 년 차일 때는 지각을 하거나 점심시간이나 회식 때 빠지는 것이 큰 타격을 주기도 한다(물론, 그렇지 않은 곳도 있다). 식이 조절은 이 시기가 지날 때까지 미루자. 어느 정도만 지나면 도시락을 싸오든 단식을 하든 아무도 상관 않는다. 가뜩이나 신입사원을 평가하려고 관심이 몰려 있는 이때에 엉뚱하거나 불성실한 행동을 하면 마이너스이기 십상이고, 그러다보면 작은 일도 부풀려져 이상한 사람이라는 이미지가 굳어버린다.

초반에는 긴장한 내색을 굳이 숨기지 않으면서 빡세게 일을 배워둬야 하는데, 이때는 일이 손에 익지 않았으므로 같은 업무를 하더라도 상사보다 최소 두 배 이상의 시간이 걸린다는 것을 이해해야 한다. 왜 일에 속도가 나지 않는지 조바심을 낼 필요가 없고, 다만 시간을 더 투여해야 한다. 이 친구는 열심히 한다, 믿을 만하다는 인정을 받고 나면 자전거로 내리막길을 탈 때처럼 힘을 덜 들이고도 그 이상의 성과가 나는 선순환이 생겨난다.

첫 회사에 입사한 직장인이라면 자신의 실력과 가능성을 늦어도 이 년 안에 인정받겠다고 마음먹는 것을 추천한다. 그때까지 회사에서 겉돌았다면 그후에 재평가받을 가능성이 안타깝지만 별로 없다. 이후 자신의 상황을 객관적으로 판단해보고 가망이 없다고 생각되면 빠르게 다른 길을 모색하는 편이 효과적일 수 있다. '일'과 맞지 않는 게 아니라 '이곳'과 맞지 않는 것일 수도 있으니까.

초기에 회사에서 보인 태도가 그 사람의 캐릭터가 되고 첫 일 년의 업무 태도가 그 사람 역량의 크기로 인식되어버린다는 걸 인식하고 있으면 적절한 가면을 골라 쓰고 상황에 대처할 수 있다. 맡은 일만 잘하면 되는 게 아니냐고 말하는 똑똑이, 진심은 통한다고 말하는 순진이들이 그와는 반대로 가면서 고행길을 가는 것 같아 안타까웠다. 조직은 당신의 진가를 천천히 파악할 시간이 없으며, 여기에서는 그럴싸해 보이는 사람이 먼저 되어야 진짜로 그런 사람이 될 수 있다는 것을 담백하게 받아들일 필요가 있다. 능력에 요령을 더하면 빠르게 갈 수 있다.

얼떨결에 팀장이 되면 보이는 것들

대학 때 패밀리레스토랑에서 일한 적 있다. 새로운 지점을 오픈하는 거라 나 포함 서른 명 정도의 아르바이트생이 한꺼번에 뽑혔다. 선배 아르바이트생이 없으니 본사에서 파견한 매니저들에게 교육을 받았고, 이후 시험을 쳐서 결과에 따라 주요 포지션을 정할 거라고 했다. 판매하는 메뉴 가격, 할인카드의 종류, 와인의 종류와 금액 등을 맞혀야 했는데 시험이라는 말에 반사적으로 준비를 해 갔으나 분위기를 보니 어쩐지 혼자만 공부한 것 같았다. 이상한 예감은 틀리지 않아서 성적이 제일 높았다며 나에게만 캐셔 업무가 주어졌다.

획득한 점수에 따라 주요 업무가 순차적으로 배분되었다. 할인카드 종류와 영수증 내역을 확인하고 계산하는 담당자

(캐셔), 로비에서 손님을 맞이하고 적절한 자리로 안내하는 담당자(안내), 주문을 받고 메뉴를 서빙하며 샐러드바를 체크하는 담당자(서버), 접시와 컵을 식기세척기에 넣거나 정리하는 담당자(디시 워셔). 새로 연 곳이 아니고 일반 매장이었다면 일단 디시 워셔에서 시작하고 근속 연수에 비례해 순차적으로 캐셔까지 갈 터였다.

나는 캐셔나 손님맞이를 주로 했고, 가끔 서빙 업무를 했다. 그리고 한번은 궁금한 마음에 자원해서 설거지 업무를 해본 적 있다. 업무를 반대 순서로 해보니 신기했던 지점이 있었다. 어떤 업무를 하느냐에 따라 시각과 마음가짐이 완전히 달라진다는 것이었다. 또 얼마나 다양한 포지션을 맡아보았느냐에 따라 상황 판단의 속도와 질이 좌우되었다. 후에 나는 이 같은 분배가 마치 회사 조직에서의 팀장-과장-대리/사원-인턴의 경험과 비슷하다고 느끼게 되었다.

캐셔는 매장의 일별 매출을 알게 되고 손님의 평균 체류 시간을 알게 되며 인기 메뉴를 알게 된다. 어떤 할인 혜택이 언제 종료되고 어떤 신 메뉴가 나오는지를 제일 먼저 아는 사람이기도 하다. 자연스럽게 통합적인 시각에서 매장을 바라볼 수밖에 없고 숫자에 민감해진다.

손님을 맞이하는 안내자는 혼잡한 가게 안의 흐름을 파악하고 있어야 한다. 서빙하는 이가 구역별로 배정되어 있기에 그들의 업무가 한꺼번에 몰리지 않도록 배분해야 한다. 그러려면 테이블마다의 체류 시간과 특이 사항을 알고 있어야 하며 손님별로 선호도가 높은 곳을 감안해 상황에 맞춰 안내해야 한다. 예컨대 어린아이가 있는 가족이면 구석 소파 자리로, 커플이면 창가 자리로, 친구들끼리 왔다면 샐러드바와 가까운 자리로 안내하는 식이다.

서빙을 하는 사람은 그중 제일 바쁘다. 종종거리며 내내 매장 안을 돌아다녀야 하고 손님에게 음식 맛이나 서비스에 대한 컴플레인을 받을 확률도 높다. 캐셔에게 안내받은 대로 이달의 주력 메뉴를 제안하기도 하고, 내온 음식에 이상이 없는지 확인하며 샐러드바와 화장실 체크도 간간이 해야 하니 가장 힘들게 일하는 것처럼 보인다.

디시 워셔는 하루종일 홀에서 나온 음식물 쓰레기를 처리하고 접시와 컵을 분류해 식기세척기에 넣는다. 책임질 만한 일도 크게 없고 종일 매장을 돌아다녀야 하는 것도 아니니 누군가는 편하게 시간을 보내다 간다고도 폄하한다. 적극적으로 역량을 뽐내기 어렵고 단조로운 일을 종일 반복하다보면 회의감이 들기도 한다.

그곳에서 일 년 정도 일했는데 특히 설거지를 담당했던 날이 기억난다. 나는 캐셔와 홀을 담당했기 때문에 평균적으로 몇 시쯤 가장 바쁜지 알고 있었다. 마음의 준비를 하고 있다가 어마어마한 양의 접시를 받아들었고, 잔반의 양을 보면서 신 메뉴 흥행 여부를 가늠해보기도 했다. 그런데 입사 이후 설거지만 했다는 이는 매장 일을 전혀 모르는 상태에서 접시를 받아드니 이 일이 전체 과정에서 어떤 의미를 갖는지 이해하기 힘들어했고, 주체적으로 일한다는 느낌을 받지도 못했다.

반면 서빙을 하는 이는 실질적인 일은 본인들이 다 한다고 느꼈으며 다른 업무는 편할 거라 여겼다. 서빙을 해보니 제일 발이 아프고 정신이 없는 건 사실이었다. 그러나 모든 업무를 다 해본 내 입장에선 캐셔 업무나 손님맞이처럼 작은 실수도 치명적일뿐더러 전체를 봐야 하는 일이 몸은 편해도 부담감이 상당하다고 느꼈다. 다들 자신의 위치에서밖에 생각할 수 없구나, 윗사람이나 아랫사람으로 일한다는 건 이처럼 좁히기 힘든 오해와 시각 차이를 두고 있는 거로구나.

이후 다니던 회사에서도 중간관리자가 되자 전에 보지 못한 것들이 보였다. 연차가 쌓이고 승진을 한다는 건, 더 넓은 조감도를 얻게 되는 걸 의미한다. 리더가 되면 그동안 몰랐던 고급 정보에 빠르고 쉽게 접근할 수 있다. 그 자리에 서면 보이는 것이 다르니 의견이 달라지고, 정보가 다르니 의견의 밀도가 달라진다. 비판을 할 거라면 대안까지 내놓아야 하며 아래로부터도 눈치를 보고 위로도 눈치를 보니 협상가가 될 수밖에 없다.

이처럼 책임을 지고 업무적으로 큰 틀을 볼 수 있는 리더의 자리에 오르는 것은 추천할 만한 일이지만, 정작 본인은 어떻게 일하는 게 좋을지 막막한 경우가 많다. 예전에는 주어진 일만 잘하면 되었고 궁금한 것이 있으면 선배에게 물어보면 되었다. 이제는 슬슬 사람들이 나를 어려워하기 시작하며 무엇을 잘하고 못하는지 어디 묻기도 어려워 외로이 앞날을 헤쳐나가야 한다. 승진을 해도 업무 방식은 달라질 게 없다고 생각하다가 업무 배분을 제대로 하지 못하고 사사건건 간섭하는 마이크로 매니징을 한다고 비난받는 경우도 많고, 갑자기 모든 실무에서 손을 떼버려 원성을 사는 경우도 보았다. 내가 잘못했던 것만 써도 책 한 권 분량이 나올 듯하다. 다시 돌아가면 그렇게 하지 않을 텐데 후회하는 것들과, 다시 돌아가면 그걸 더 빨리 했을 텐데 하고 지금에 와서야 떠오르는 것들이 몇 있다.

중간관리자의 미덕 중 최우선은 실무자에게 수정을 적게 시키는 것이다. 중간관리자가 외부 프로젝트에서 일을 따오거나 상사에게 업무 지시를 받을 때 의도와 방향을 정확히 파악하고 있지 않으면 실무자가 일을 여러 번 해야 한다. 어떤 리더는 클라이언트의 요구 사항이 정확히 무엇인지 파악하지 못했는데도 미팅 때는 알겠다고만 하고 혼자 자의적으로 해석해 실무자에게 일을 던진다. 게다가 대부분의 클라이언트는 처음부터 과한 요구를 한다. 예산이 1억이면서 10억짜리 예시를 보여주며 그와 비슷하게 해달라고 한다. 일 잘하는 사람은 이때 클라이언트에게 무엇이 되고 무엇이 안 되는지 설명하고 설득시킨 뒤 일을 분배한다. 클라이언트는 대개 "어떤 느낌으로 해주세요"라는 '느낌'으로 말하기에 초기에 샘플을 많이 보여줘 방향을 확정하고 중간보고를 꼼꼼히 해 나중에 다른 말을 못하게 해야 한다. 사람 좋다는 평가에 매달리거나 실무를 몰라서 요구 사항을 다 받아줬다가는 나중에 모두…… 파국이다.

한편, 중간관리자는 커뮤니케이션을 통해 조율하는 사람이라고도 할 수 있는데 이를 위해서는 얕을지언정 넓은 지식이 필요하다. 잡지 기자로 일할 때 디자인 레이아웃 공부를 하기 전과 후로 디자인팀에서 나를 대하는 태도가 달라졌다. 영상 편집을 배운 뒤 돌아보니 디지털 콘텐츠 제작 업무에서 그간 내 수정사항 전달 방식이 잘못되었다는 걸 깨닫게 되었다. 여러 팀을 겪고 나서 알게 된 건 사내에서도 타 팀에 대한 경계심이 크다는 거였다. 각 부서는 저마다 자신이 제일 힘들며 다른 팀은 이를 이해 못한다는 자기연민과 피해의식을 정도는 다르지만 내면화하고 있었다. 기획팀은 다른 팀이 비협조적이라고 느끼며 디자인팀은 배려받지 못한다 느끼고 마케팅팀은 귀찮은 건 다 자신들이 한다고 느낀다. 일 잘하는 중간관리자는 실력 있는 통역가와 비슷한 것 같다. 잘한다고 생각되는 팀장들을 관찰하거나 바깥에서 여러 분야의 임원들을 만나보면 대개 소통 능력이 출중했다. 원하는 것이 상이할 때 이를 조율하고 서로에게 익숙할 만한 언어로 풀어서 설명하고, 자기 입장에서만 주장하지 않고 다른 팀과 다른 팀원의 일과 입장을 알고 상황을 공감하며 설득했다.

중간관리자가 되자 너무 많은 사람들이 나를 주시하는 걸 알고 놀란 적도 있다. 갑자기 내 말에 의미를 부여하고 상처받았다는 사람들이 늘어나고 작은 행동 하나하나 해석을 하려 했다. 사원일 때는 일하다가 '망했네'라고 읊조려도 아무도 신경쓰지 않았는데 팀장이 되어서 같은 말을 하면 사람들이 자기 때문은 아닌가, 무슨 문제가 생겼나 하면서 불안해했다. 그러니 상황이 어렵더라도 후배들에게는 잘될 거라고 말해줘야 했다. 희망적이면서도 둥글둥글한 말들을 개발하지 않으면 의도치 않게 남을 찌르게 되는 경우가 많았다. 대기업에 다니는 후배와 대화하다 거기에서 쓴다는 사내 용어를 듣고 웃은 적이 있는데, 그 회사에서는 '실수했다'라고 말하는 대신 '휴먼 에러가 있었다'고 표현한다고 했다. 실수했다고 하면 개인의 잘못에 초점이 맞춰지지만 휴먼 에러라고 하면 시스템에 집중하게 되어서라고 한다. 또 '상사에게 혼났다'는 표현을 '챌린지 받았다'라고 쓰는 등 상황에 맞춤한 다양한 용어를 사용했다. 이처럼 팀을 보호하고 사기를 높이기 위해서 긍정적인 태도와 사고방식을 연마할 필요가 있다. 완곡한 언어, 중립적인 언어, 비판이 아닌 개선에 집중하게 하는 언어를 쓰면 무의식적으로 서서히 생각도 따라가게 된다.

리더가 된 뒤 가장 큰 변화는 비판을 하기에 앞서 왜 그런 상황이 되었을지 먼저 생각해보고 서로의 '어쩔 수 없음'이 어떻게 충돌하는지를 그려보게 된 것이다. 그러니 전보다 타인의 실수에 너그러워졌다. 이전에는 다른 사람들의 상황보다 내 상황에만 집중했고, 지적하고 비판하는 것에만 익숙했다. 이상을 말하는 사람과 현실을 말하는 사람이 섞여 회의를 하고, 수많은 감시자와 비판자 사이에서 일을 하다보면 회의감이 들 때가 많지만 한계 속에서도 어쨌든 무언가 성취해본 적이 있으면 맷집이 길러진다. 어떻게 하더라도 오해는 생겨나고 나를 싫어하는 사람도 생길 수밖에 없다는 걸 자주 느끼니 건강한 체념도 깃들게 되었다. 부담감이 많은 만큼 권한이 커져서 새롭게 할 수 있는 일도 많다.

다르게 생각해보고 싶고, 내가 속한 조직에서 바꾸고 싶은 것이 많다면 다양한 위치에 서서 거기 뭐가 있는지 그려보길 추천한다.

그 사람, 영원히 네 위에 있지 않다

직장 상사 때문에 미칠 것 같다고, 우울증에 걸릴 것 같다고, 그만두고 싶다고 말하는 사람들을 본다. 하소연으로 그치지 않고 퇴사 결심을 실천에 옮기기도 한다. 일이 너무 힘들어서라는 사람보다, 다른 일을 하고 싶다는 사람보다, 윗사람이 너무 싫어서 그만두고 싶다는 사람들이 압도적으로 많다. 나 또한 회사 생활을 오래했기에 그게 어떤 기분인지 너무나 잘 안다. 그런 푸념을 들을 때면 대학 시절에 들은 교수님 조언이 생각난다.

"회사에서 힘들 때는 이거 하나만 기억해라. 어떤 상황도 삼 년은 안 간다." 교수님은 덧붙였다. 그러니 사람 때문에 그만두지는 말라고. 그 사람이 영원히 네 위에 있을 것 같지만 절대로 그렇지 않다고. 대학 졸업 후 국내 대기업에서 십 년간 일하다 박사학위를 딴 분으로 수업 시간에 종종 우리에게 직장인의 태도에 대해 말해주곤 했다. 직장 생활의 노하우에 대해 이야기해줄 수 있는 교수님은 별로 없었기에 기억에 남는다. 그 외에도 들은 이야기가 많았는데 유독 그 말이 제일 강렬했다. "잊지 마, 딱 삼 년이다, 삼 년."

회사에 다닐 때 종종 그 말이 생각났다. 진짜 그럴까? 버거울 때는 조금만 더, 조금만 더, 하면서 버텼다. 회사에서 유독 상처받는 이유는 이 모든 괴로움이 기약 없이 계속되리라는 막연함 때문이다. 학창 시절에는 담임선생님이나 친구 때문에 괴로운 일이 있어도 그나마 희망이 있었다. 조금만 참으면 반이 바뀌니까. 그 어떤 상황도 끝이 있다는 보장이 있으면 견디기 수월하다. 교수님은 그걸 알고 있었다. 이 또한 지나가리라 믿으며 버티다보면 진짜로 상황이나 사람이 바뀌어 있었다.

어떤 상사는 내가 기획안을 가져갔을 때 "수준 알 만하네요" 하고 비꼬았다. 그는 얼마 지나지 않아 회사가 시키는 일과 맞지 않다며 퇴사했다. 어떤 상사는 지엽적인 사항에만 매달려 직원들을 힘들게 하다 팀 이동을 권고받았다. 고압적이던 클라이언트, 일을 떠넘기기만 하던 상사…… 그들 때문에 적어도 한 번씩은 운 적 있지만 결국 모두 헤어졌다. 삼 년 내에. 내가 그만두지 않아도 자연스럽게 팀이 해체되고 누군가 팀 이동을 하고 상대가 퇴사하거나 승진에서 누락하며 환경이 바뀐 것이다. 친구들이 다니는 다른 회사를 둘러보아도 대부분 그랬다(낙하산을 제외하고는). 혼자만 일을 못해서 그런 게 아니라면, 팀원들을 괴롭히거나 성과가 나지 않는 팀장은 결국 많은 이들에게 불만을 살 수밖에 없고 언젠가 평가받게 된다. 심지어 그토록 따기 힘들다는 별, 대기업 임원조차 평균 재직 기간이 겨우 오 년 정도다.

상사 때문에 너무 괴로울 때, 협업하는 상대와 성향이 너무 맞지 않을 때, 언젠가 끝날 거라 생각해보자. 다시는 안 봐도 되는 사람에게 너무 스트레스받지 말자. 안녕이라고 생각하면 언제나 약간 더 관대한 마음이 드니 이상한 일이다.

이 사람과 끝까지 함께하지 않는다는 걸 명심하는 것 외에, 상사 때문에 힘들었던 직장 생활 초반에 애써 연마한 기술 중 가장 유용했던 것이 있다. 이건 사회초년생, 특히 여성들이라면 꼭 의식적으로 노력해볼 필요가 있다고 생각한다. 바로 상사를 편하게 대하는 연습이다. 남성들은 대개 군 복무 경험이 있어서인지 계급사회에서 선배나 형에게 깍듯하면서도 편안하게 대하는 법을 체화하고 있는 듯하다. 그러나 여성들은 입사 전까지 서열 있는 공동체에서 생활해본 경험이 별로 없어서 회사 생활 초반에 당황하는 경우가 많다. 나 또한 그랬기에 상사들을 어떻게 대해야 하는지 잘 몰랐고, 모르니까 실수할까봐 입을 다물었고, 그러다보니 더욱 막막했다. 윗사람을 어려워하니 손해를 많이 볼 수밖에 없었다. 팀장님이 동석한 회의에서는 입을 꾹 다물어 성과를 어필하지 못했고, 발표를 할 땐 경직되어 준비한 실력을 제대로 보여주지 못했다.

이 년 차가 되었을 때 내 문제점과 그로 인한 한계가 더욱 분명히 느껴졌다. 선배의 입장에서 후배들을 만나보니 그중 윗사람을 어려워하지 않는 사람은 편안해 보였고 그 여유로움 덕인지 자신감 있는 사람으로 비춰졌다. 그런 사람은 확실히 회의 시간에 티가 났다. 긴장을 덜 하니 실수도 덜 했고, 주눅들어 있지 않으니 선배 입장에서도 대하기 편하고 신뢰가 갔다. 선배들을 두려워하지 않으니 일하다 궁금한 게 생기면 바로바로 물어보았고 문제가 생기면 빨리 보고해 수습할 시간을 마련했다. 선배 입장에서는 후배가 자신을 어려워하는 게 느껴지면 불편해할까봐 더 다가가기 어렵다. 선배들은 언제나 후배가 먼저 말을 걸어오길 기다린다는 걸, 그런 후배들에겐 마음이 조금이라도 더 갈 수밖에 없다는 걸 후배가 생기고서 알았다.

어른 앞에서 주눅들지 않는 사람의 예를 들자면 〈무한도전〉 〈놀면 뭐하니〉의 김태호 피디가 MBC 채용 면접을 볼 때의 일화를 빼놓을 수 없다. 그는 어느 인터뷰에서 면접을 볼 때 떨리지 않았느냐는 질문에 이렇게 말한 적 있다. "면접 볼 때 앞에 방송국 국장님, 이사님, 사장님이 앉아 있지만 사실 제가 입사를 해야 국장님, 이사님, 사장님이지 떨어지면 제겐 그냥 동네 아저씨보다 못한 분이거든요. 그런데 내가 왜 굳이 여기서 떨고 있어야 하지 생각했어요. 속으로 '넌 복덕방에 와 있다. 이 아저씨들은 바둑 두던 아저씨들이다' 생각을 했죠." 나중에 권성민 피디가 쓴 책 『서울에 내 방 하나』를 읽다가 비슷한 결의 이야기를 발견한 적도 있다. 그는 임원 면접 때 떨지 않았던 비결에 대해 이렇게 썼다. 오랫동안 교회에 다니면서 어른들과 편안하게 말하는 법을 익힌 덕에 긴장하지 않았던 것 같다고.

'어차피 밖에서는 똑같은 사람이다' '꾸며봤자 어차피 어른들은 다 알아차릴 거다. 편하게 하자' '예의는 지키되 주눅들지 말자'라고 마인드 컨트롤을 했다. 사오십대 남성과 마음 편히 대화하기 위해 그들이 강사로 활동하는 취미반 강의를 들으며 친분을 쌓은 적도 있다. 내게 편안하게 말을 거는 후배들의 화법을 듣고 기억했다가 응용해 써먹었다. 점점 누구

앞에서든 의견을 말하는 게 쉬워졌고 나중에는 농담까지 주고받을 수 있게 되었다. 막상 해보니 정말 별것 아니었는데 왜 그렇게 겁을 냈나 억울해질 지경이었다.

상사를 너무 어렵게 생각하면 내 생각을 제대로 말할 수 없고, 내 생각을 제대로 말하지 못하면 오해가 쌓이고 제대로 된 평가를 받기 어렵다. 불편한 사람 앞에서는 평소 하지 않을 실수도 하게 되기 마련이다. 상사가 너무 힘들게 느껴질 때는, 상대를 너무 커다랗게 느끼는 마음 때문에 상대적으로 내가 너무 작게 느껴지는 건 아닌지 점검해볼 필요가 있다. 상사 또한 저마다 외로운 사람들이고, 사실은 그들도 잘 모르지만 부하 직원 앞에서는 아는 척할 수밖에 없는 사람들이다. 그러니 당신이나 내가 별로 다를 것 없다고 생각하면 덜 주눅들 수 있고, 당신과도 곧 헤어질 거라 생각하면 덜 상처받을 수 있다. 상사를 미워하게 되는 순간 몸담은 모든 상황이 견딜 수 없어지므로, 우선은 상사를 인간적으로는 친근하게(혹은 애잔하게라도) 여겨보도록 노력하며 끝이 있다는 것을 상기해보자. 납작하게 엎드려 있어서 보지 못했던 게 무엇인지, 쪼그라들어 있어서 받아들이지 못했던 게 무엇인지 파악하기 시작하면 모든 상황에 좀더 담담해질 수 있다.

상사가 너무 힘들게 느껴질 때는,
상대를 너무 커다랗게 느끼는 마음 때문에
상대적으로 내가 너무 작게 느껴지는 건 아닌지
점검해볼 필요가 있다.

'우린 지칠 자격이 없어'와 '이게 무슨 의미가 있니' 사이

MC 강호동의 활약을 TV에서 보고 있자면 함께하는 출연자들이 동료가 아닌 부하 직원처럼 보일 때가 많다. 그는 리더로서 사람들을 독려하고 때론 압박하면서 프로그램을 어깨에 메고 가는 저력을 과시한다. 녹화가 길어지면 으쌰으쌰를 한답시고 "지치지 마! 우린 지칠 자격이 없어! 우린 언제나 저녁 여섯시야!"라고 한다는 걸 들었을 땐 너무 그다운 말이라 웃었다. 그처럼 운동선수 출신이거나 군인 같은 직군의 사람을 보고 있으면 특유의 담백한 성실성에 감탄하게 된다. 몸으로 일가를 이루어본 사람들에게는 '하면 된다' 또는 '될 때까지 한다' 정신이 있어서 낙관적이고 추진력이 강한 성향이 있는 것 같다. 이들은 정신력으로 못 이룰 일이 없다는 것을 의심치 않으며 주변에 그 믿음을 열렬히 전파하기에 일이 진행되도록 하는 데 천부적인 자질이 있다.

강호동이 방송에서 리더십을 발휘하듯, 조직의 리더 중에 강호동과 같은 유사한 캐릭터를 지닌 사람이 많은 건 우연이 아니다. 이들은 문제가 생겼을 때 '어떻게'에 초점을 맞추고 실행하는 데 익숙하다. '일단' 하기로 한 뒤 '어떻게' '잘'할 건지에 초점을 맞추는 사람들은 성과를 낼 가능성이 커 회사의 핵심 업무를 맡기 쉽다.

반대로 '어떻게'보다는 '왜'에 초점을 맞추는 사람, 고민과 의심이 많은 사람은 빠른 판단과 실행력이 필요한 회사 안에서 섞여들지 못하는 듯 보이기 쉽다. 현실 감각이 없는 사람이라는 비난을 받기도 하고 친화력과 융통성이 없는 사람이라는 비난을 종종 받는다. 조직 생활에는 어울리지 않는 사람이라는 딱지가 붙고야 마는 것이다.

내 경우에는 '왜'가 너무 많이 떠올라 직장에 있을 때는 의식적으로 '어떻게'에만 집중하려고 노력한 쪽이었다. 자꾸 혼자 의문을 갖게 되니까 회의가 들고, 그럴 때마다 일하기 싫어지는 것 같아서 루틴을 만들고 몸을 많이 쓰며 잡생각을 줄이려 노력했다. 단순하게 육체를 움직이길 반복하면 생각이 줄어들길래 운동을 다양하게 해보았는데, 몸만 움직이는 단계까지 가려면 대부분 예열이 필요했으나 수영은 귀가 물에 닿는 순간부터 음소거가 잘되어서 가장 오래했다.

대학생이 되고 나서 본격적으로 여러 아르바이트와 인턴 생활을 겪었다. 돈을 받으며 하는 일을 시작하자, 어린 시절 교회를 떠나게 된 계기가 종종 떠올랐다. 성경 공부를 진지하게 하다보면 납득되지 않는 페이지를 만나기 마련이다. 그런 구절을 만났을 때 질문하면 목사님은 내게 "믿음이 부족해서 이해가 안 되는 것"이라고 말해주었다. "일단 믿어라" "믿음으로 극복해라"는 조언을 종종 들었는데 그 말이 내게는 선후 관계가 바뀐 듯했다. 이해해야 믿을 수 있는데, 믿으면 이해할 수 있다고 하니 당혹스러웠고 교회에 가는 것이 점차 불편해졌다. 그후로도 질문을 많이 하는 내 습관이 공동체 생활에서, 펠로십이 필요한 일꾼으로서는 방해가 된다는 느낌을 받았다.

지시를 받으면 납득되지 않아도 일단 하고 보는 날이 늘어났다. 하라고 하는 데는 이유가 있겠지 하며 무심해지려고 힘썼다. 그러지 않으면 일에 속도가 붙지 않았다. 이를 직장인으로서의 감각, 생활인으로서의 마인드라고 부를 수 있다면 그 능력을 애써 키웠던 것 같다. 회사의 일, 여러 사람이 모여 하는 일은 100퍼센트 납득하고 굴러갈 수 없다는 것을 받아들이고 이해가 안 되어도 의심하는 시간에 조금이라도 일을 더 하는 방향으로 가려 했다. "이끌거나 따르거나, 아니면 비키거나Lead, follow, or get out of the way." CNN 설립자 테드 터너의 말이라고 알려진 리더십에 관한 이 명언을 자주 되새겼다.

그런데 의심을 줄이고 일을 완수하는 데만 초점을 맞추다 보면 추진력은 생기는데 어딘가 멍해지고 방향 감각을 잃는 단점이 생긴다. 성실해서 좋은데, 성실하기만 한 인간이 돼버린다. 자동차로 치면 들입다 엑셀만 밟아대고 핸들과 브레이크는 잘 사용하지 않는 것인데, 연차가 낮을 때는 이런 사람이 좋은 평가를 받을 가능성이 높다. 회사에서는 맡은 일을 묵묵히 해내는 사원을 승진시킨 뒤 시간이 지날수록 주체적이고 빠른 판단이 필요한 일을 맡기지만, 관리자가 된 후부터는 그간 쌓아온 강점이 작동하지 않아 부정적인 평가를 받는 경우도 많다. 팀원으로서의 역량과 팀장으로서 필요한 역량이 일치하지 않으니 혼선이 생기는 것이다.

운동선수로서 정상을 경험한 뒤 방송 출연을 활발히 하는 서장훈을 보면 강호동과 비슷하면서도 다른 면이 느껴져 비교하는 재미가 있다. 강호동이 기합을 줘가며 전체를 장악하는 흑곰 같다면, 서장훈은 치고 빠질 때를 연구하는 자립심

강한 기린 같다. 서장훈은 뒤에서 다른 사람들이 말하는 것을 유심히 듣다가 자신이 나서야 할 때라고 판단하면 핵심만 이야기하고 물러난다. 전반적으로는 리더의 의견에 동조하는 듯하고 전체적인 균형감을 깨지 않기 위해 어울리다가도 한 번씩 자기 의견을 낸다. 동료들이 시청자를 웃기려 하는 행동을 지켜보다 선을 넘었다고 느낄 때면 이렇게 말한다.

"아니, 대체 이게 무슨 의미가 있니?"

생각이 많다는 것. 회사에 다닐 때는 나의 단점이자 개선해야 할 문제라고 생각했던 이 자질이 작가로 일할 때는 장점이 되었다. 글쓰기는 익숙한 것에 질문하는 일이고 궁금해하는 일이고 일상에서 낯선 의미를 찾아내는 일이다. 질문하지 않는데 글을 쓸 수는 없다. 그럼에도 나는 질문에만 몰입하지 않도록 애쓰는데, 적절한 거리 감각을 유지하려면 머리 쓰는 시간과 몸 쓰는 시간의 비율에 적절한 배분이 필요하다고 느끼기 때문이다. 너무 오래 생각하다보면 부정적인 에너지에 휩싸이기 쉽고, 걱정이 많아지고, 자신의 실수에도 다른 사람의 실수에도 지나치게 예민하게 반응하게 되어 많은 것들을 미워하게 되어버리기도 하니까.

'왜'라는 질문을 잊지 않되, 너무 자주 질문하면 빨리 가기는 어렵다는 사실도 알아두자. 열심히 타인의 입장을 이해해보다가 도저히 안 되겠을 때 한 번씩 질문하는 용기를 내보자. 건강하지만 단순하지만은 않은 생활인으로서의 밸런스를 유지하는 일이 필요하다. 너무 자주 멈추느라 진도가 나가지 않는다면 강호동에게서 아이디어를, 인사이더의 사회성도 유지하면서 동시에 예민함도 잊지 않고 싶다면 서장훈에게서 아이디어를 얻는 것도 좋겠다.

어른스럽게 질투를 다루는 법

"그러고 보니 언니 요즘은 그 친구 얘기 안 하네?"

"아, 그 사람 안 본 지 좀 됐어."

이런 대화가 오갈 때가 있다. 사연을 들어보면 특별히 싸운 건 아니지만 어쩐지 서로 눈치를 보게 되거나 불편해져서 거리를 두는 중이라 한다. 친했던 사이였는데 직장이나 직급이나 소득 수준 등 삶의 양상이 바뀌게 되면서 어색해지고 멀어졌다는 사람들의 이야기를 자주 듣게 된다. 나 빼고 다른 사람들은 모두 잘살고 있는 것 같아 SNS를 잘 하지 않게 된다는 말은 너무 많이 들어 셀 수도 없다. 누군가를 부러워하면서 미워하고 그런 마음이 드는 자신에 놀라다가도 언젠가 상대가 삐끗하기를 은근히 바라는 구정물 같은 심정.

내가 어릴 때 부모님은 "사람 사는 건 다 고만고만하다"는 말을 자주 했다. 다른 세계에 사는 사람들을 볼 일이 많지 않았기 때문에 가능했던 순진함이었다. 90년대에는 SNS가 없었고 연예인들이 자기 집을 자랑하는 TV 프로그램도 거의 없었다. 부를 자랑하는 건 속물이나 하는 행위로 여겼으며 자수성가한 사람을 칭송하는 사회적 분위기도 컸다. 그러나 이제는 완전히 변해버렸다. 우리는 자신의 생활 수준, 취향, 외모를 비교하는 일이 당연해진 시대에 살고 있다. 이런 분위기에서 타인과 비교하지 않고 자신만의 행복을 찾으라는 말은 유효 기간이 지난 구호로만 들린다.

회사에 다니면서 다른 사람들에 대한 소문을 많이 듣는 시기가 있었다. 연차가 낮을 때는 직장 상사에 대한 여러 가지 비난이 여기저기서 들려왔다. 그 팀장이 그랬대? 그 과장 장난 아니래, 같은 말들이 약간의 사실에 억측과 과장을 더해 진짜로 받아들여졌다. 팩트 여부는 상관없는 직장인 전용 유흥이었다. 어느 순간 상황이 달라졌다는 느낌을 받기 시작한 건 연차가 오르고 팀장급으로 승진을 하면서였다. 그즈음부터는 사람들이 내게 다른 사람들에 대한 험담을 전해주지 않았다. 그때 알았다. 사람들이 욕하는 대상 중 하나가 바로 나겠구나. 또다른 사실도 하나 깨달았다. 요즘 회사 안에서 질투하게 되는 사람이 없네? 누군가를 부러워하지 않으니 괜스레 비난할 필요도 없었다. 다른 사람에게 별다른 관심이 없으니 이야기를 전해주는 사람도 흥을 잃고 말았다. 비난의 말은 주파수가 맞아서 함께 진동하는 사람들끼리 기막히게 전해지는 법이다.

질투하게 되는 대상은 나와 수준이나 환경이 비슷해서 공통점이 있는 사람이고, 질투하게 되는 분야는 내가 관심 있고 잘하고 싶은 분야다. '사촌이 땅을 사면 배 아프다'는 속담의 핵심은 '사촌'에 있다. 삼성 이재용 부회장이 낼 상속세만 10조를 넘는다는 소식에는 별생각이 없다가 직장 동료가 산 아파트가 5억 올랐다는 말을 듣게 되면 마음이 일그러지는 건 그래서다. 피아니스트 조성진의 연주를 들을 때 나는 깊이 감동받고 가수 겸 연기자 수지를 볼 때면 눈을 떼지 못하고 흐뭇하게 쳐다본다. 그러나 어떤 피아니스트는 조성진의 연주가 흘러나오면 귀를 막고 싶어질 것이고 어떤 연예인은 TV에서 수지를 마주칠 때 입을 삐쭉거리며 전원을 끌 것이다.

잡지 기자로 일할 때는 좋은 기사를 발견하면 난 언제 이렇게 할 수 있을까 싶어 속이 상했다. 디지털 콘텐츠 기획을 하게 되자 조회수 높은 영상, 크리에이티브 넘치는 기획을 발견하면 후배들에게 공유하면서 쓰라렸다. 이제 나는 잡지를 읽을 때나 유튜브 영상을 볼 때 평온하다. 다만 이제 내 마음을 건드리는 건 생각 못한 문장을 쓰는 작가, 만듦새 좋고 판매량 높은 책을 볼 때다. 동료 작가인 친구는 내게 이런 고백을 한 적 있다. "어떤 책이 잘나가는 걸 보면 꼭 나이부터 확인하게 돼. 나랑 비슷하거나 어리면 자괴감이 장난 아니야."

그러니 누군가를 질투하는 이는 무언가 되기를 열렬히 원하는 사람이며, 누군가에게 욕을 많이 먹는 사람은 이미 무언가를 이루었다는 뜻도 될 것이다. 그러니 욕먹는 사람은 언제나 욕하는 사람의 우위에 있을 수밖에. 류승완 감독이 만든 영화 〈베테랑〉이 막 천만 관객을 돌파했을 때 최동훈 감독은 이렇게 말했다고 한다. "이제 욕먹는 사람 된 거예요."[1]

더는 회사 내에 질투하게 되는 사람이 없다는 걸 알아차린 뒤 퇴사를 결심한 건 그래서였다. 사람은 잘하고 싶어하는 분야에서 무언가를 이미 이룬 사람을 시기하면서도 그의 영향을 깊이 받고야 만다. 관심이 없다면 시기할 필요도 없을 것이므로. 내가 회사 안에서 시기하는 사람이 더이상 없다는 건 그 안에서 무언가 더 이루고 싶은 욕망이 사라졌다는 의미이기도 했다.

그러나 한편 사람은 질투의 대상을 견제하면서 그 불덩어리를 연료로 성과를 내곤 한다. 나 또한 경쟁자보다 뛰어난 평가를 받기 위해 야근도 마다하지 않고 새로운 프로젝트도 거침없이 자진했었다. 조직 내에서 질투심을 잘 다루고 싶다면, 결국 이런 마음의 회로 자체가 동일한 욕망을 기반으로 한다는 것을 이해해야 한다. 실제로 누군가 너무 대단하거나 내가 부족해서가 아니라 본질은 '나도 하고 싶은 일을 (나와 비슷해 보이는) 저 사람이 먼저 해냈다'는 것에 속상해한다는 사실을 받아들인다면, 이 에너지를 긍정적인 방향으로 이용할 수 있다.

우선, 질투하게 되는 상대의 기준을 자꾸 올려가겠다고 결심하는 것이 좋다. 질투는 문명 발전의 원동력이라 할 만큼 사람의 본성이므로 성인聖人이 아니고서야 없앨 수 없고, 다만 그 기준선을 올리는 게 중요하다. 성장하고 싶다면 아무런 자극이 없는 것보다는 질투를 불러일으키는 사람들과 함께 일하는 것이 좋다. 나보다 어떤 면에서든 뛰어난 부분이 있으면서도, 내가 질투를 해볼 수 있을 정도로 그 차이가 '넘사벽'은 아니라는 의미이기 때문이다. 그러다보면 어느 순간 내가 신경쓰는 사람들보다 나를 신경쓰는 사람들이 늘어나게 되는 순간도 온다. 이는 한편으로 견제받을 정도로 인정받는다는 뜻이니 나쁘게만 생각할 필요가 없다. 다만, 이 시기에는 새로운 선택을 할 수 있다. 질투를 받는 역할로 계속 머물지, 더 뛰어난 사람들이 있거나 더 성장할 수 있는 곳으로 가서 또다른 질투를 하면서 따라잡아볼지.

그러나 질투할 필요 없이 느긋하게 즐기는 장르를 하나쯤은 꼭 가지는 것이 기분 전환에 도움이 된다. 그걸 취미나 취향의 영역이라고 할 수 있을 텐데, 잘하지는 못해도 재미있게 할 수 있는 활동에 시간을 쓰면 순수하게 좋아하는 마음을 키울 수 있어 잠시나마 정신적 평온함을 누릴 수 있다. 또한 타인의 성취에 함께 기뻐하는 감정도 자기긍정감을 높이는 데 도움이 되므로, 질투하지 않을 만큼 다르면서 인격적으로 배울 점이 많은 사람들을 사귀는 것도 좋다. 잘하지 못하지만 잘할 생각도 없는 분야에서 성과를 쌓고 있는 사람을 보면 마음으로 축하해주기가 쉬우니까. 순수하게 누군가의 성공에 축복을 더하는 경험을 쌓을 때 자신의 인격에 마이너스 점수만 주던 일을 멈출 수 있다.

질투의 사용법이란 최고가 되어서 욕을 먹느냐, 최고 뒤에서 험담을 하느냐 둘 중 하나인 듯하지만 달리 생각하면 동시대에 살면서 비슷한 주변 사람들에게 계속 자극을 받는다는 건 괴로움만은 아닐 수 있다. 앞서 천만 영화를 만들며 욕먹는 사람이 되었다 말한 류승완 감독은 비슷한 시기에 『에스콰이어』 인터뷰에서 이런 이야기를 한 적 있다. 동시대의 '넘사벽' 감독들이 있는데 하필이면 그들과 친하다고. 솔직히 그들의 페이스메이커로만 가도 나쁘지 않겠다 생각했다고. 그들은 영화를 너무 잘 만드니까 '난 왜 저렇게 못 만들지?' 하는 질투가 난다고. 그들과 함께하면 그런 순간이 항상 있다고. 이처럼 나의 쓰임이 다만 천재의 페이스메이커일지도 모른다고 의심하는 사람도 천만 영화를 만들 수 있고, 우리의 질투심도 어떻게 사용하느냐에 따라 완전히 다른 에너지로 변환될 수 있다. 젖은 손으로 그 위험한 걸 들었다놨다 반복하지 말고 적당한 변압기를 찾아보기를.

다정하고 고독한 만남

인터뷰 기사를 쓰고 싶어서 기자가 되었다. 적고 보니 그리 틀린 말이 아니라는 생각이 든다. 이력서에 썼던 강점 중 하나로 사람에 대한 호기심을 꼽았던 기억이 난다. 다른 사람들은 어떻게 사는지 왜 나와 비슷하거나 또 다르게 생각하는지 항상 궁금했다. 세상과 불화하면서도 그걸 약점으로 느끼지 않는 사람, 다른 사람을 별로 의식하지 않고 기개를 내뿜는 사람을 특히 좋아했다. 내면 깊은 곳에서는 그런 인생을 지향하면서도 막상 그렇게 살아볼 용기는 없어서 그랬으리라.

인터뷰를 진행하는 모든 과정에서 내가 가장 활기찰 때는 인터뷰를 수락하는 메일이나 전화를 받았을 때였다. 개인적으로 연락하려 한다면 만나주기는커녕 연락처조차 알기 어려웠을 사람들이 내 소속과 신분을 밝히면 우호적인 태도로 만남이 가능한 일정을 알려주곤 했다. 지금 생각해보면 이 장점 하나 때문에라도 젊은 시절 하기에 가장 좋은 직업 중 하나는 기자가 아닐까 싶을 정도다.

그러나 시간과 에너지의 가성비로 따져보면 인터뷰는 효율이 낮다. 2주에 한 번 인터뷰를 쓴다고 치면 최소 닷새는 관련된 일에만 매달려야 한다. 성실한 인터뷰어는 대상자의 작업물을 최대한 챙겨보는 데만 일주일 이상을 쓰며 질문지를 준비하는 데도 하루가 꼬박 걸린다. 이미 많이 알려진 사실에 관한 질문을 하면 인터뷰이에게 실례가 되지만 그걸 피하느라 너무 어려운 주제나 지엽적인 부분에 집중하면 독자를 배려하지 않는 불친절한 인터뷰가 돼버리니 방향과 수위 조절부터 난관이다.

인터뷰했던 사람들 중에서 유독 기억나는 사람들이 몇 있다. 그때마다 먼저 꼽는 건 가수 아이유. 2009년 겨울 즈음, 그가 귀여운 여고생 콘셉트로 〈마시멜로우〉를 부르던 때였는데 그 노래로는 별로 빛을 보지 못하다가 예능 프로에 나와 기타를 치며 〈내 사랑 내 곁에〉 같은 노래를 부르면서 화제가 되었다. 여기저기서 그를 '유망주'라고 부르기 시작하던 즈음 우리는 만났는데 당시 열일곱 살이던 그가 이런 말을 했었다. 대중가수 같지 않은 면이 자기에게 있는 것 같아 고민이라고. 자기가 좋아하는 것이면서도 대중이 좋아할 만한 음악을 하고 싶은데 그 접점을 찾는 게 어렵다고. 어쨌거나 지금은 〈마시멜로우〉 같은 노래를 부르지만 이런 것만 할 줄 아는 아이는 아니라는 걸 보여주고 싶다고. 아티스트가 아닌 대중가수로 스스로를 규정하는 담백함과 어린 나이에도 하고 싶은 것과 해야 하는 일을 가늠하는 균형 감각을 가진 것이 대단해서 그날 이후 특히 좋아해왔다.

사람들을 만나 인터뷰를 하고, 그들의 말을 글로 옮기는 생활을 하면서 나는 서서히 세상의 희망적인 면에 더 집중하게 되었다. 그전까지는 인생이 불공평하다는 생각과 그러니 해봤자 안 될 거라는 두려움으로 우울해하는 밤이 많았다. 불운했던 과거에 짓눌려 있을 때가 잦았는데 중요한 건 내게 일어난 사실 그 자체가 아니고 그 과거를 어떻게 해석하느냐의 문제라는 것을, 대단해 보였던 사람들과 이야기하면서 알 수 있었다. 누구에게나 그림자가 있다는 말에 수긍하면서도 나만의 그림자는 유독 고독하고 길게 드리워 있다 여겼는데 딱히 그렇지 않다는 자기객관화도 됐다. "너의 고통은 특별하지 않다"고 누군가 말했다면 절대 인정하지 않았을 테지만 스스로 깨닫는 과정에서는 수긍이 되었다. 어떤 사람과

한 시간 이상 마주앉아 인터뷰를 하다보면 알게 된다. 누구든 실패에 대한 두려움과 자기혐오에서 자유롭지 못하다는 것. 그걸 알아차릴 정도로 타인에게 집요하게 질문하지 않으니 모를 뿐.

기자를 그만두고 더이상 인터뷰를 하지 않게 되었지만 여전히 자주 인터뷰 기사를 찾아 읽는다. 인터뷰는 진행자가 세심하게 기승전결을 맞춰 질문을 던진 뒤 독자의 눈높이를 고려해 재구성해주는 것이라 쉽게 읽을 수 있으니까. 칼 세이건의 『코스모스』 말고 마음산책 출판사에서 나온 『칼 세이건의 말』을 읽는 게 그의 세계를 이해하는 데 훨씬 수월하듯이. 인터뷰집을 읽으면 분명히 활자로 만나는 사람인데도 목소리가 들리는 듯하고 인터뷰 당시의 분위기가 전해져 3D영화처럼 입체적으로 다가온다.

VR체험을 하는 기분으로 인터뷰를 읽다보면, 질문하는 기자 입장에서의 가성비는 극악이지만 독자로서의 가성비는 이보다 합리적일 수 없게 느껴진다. 무언가를 하기 전 일단 거기 드는 돈부터 대략 따져보는 습관이 여전한 나로서는 1만 5000원 정도만 내고 만나고 싶은 사람의 이야기를 준비 없이도 들을 수 있는 것이 대단한 효율로 계산된다. 이 비용이라면 개인적으로 만났대도 음료 두 잔에 케이크 한 조각을 사며 썼을 최소 금액이지 않나. 인터뷰를 읽는 대신 영상을 보는 건 어떠냐고 물을 수 있겠지만 화면을 통해서는 그가 자주 사용하는 단어와 표현, 질문자가 이끄는 대화 방향과 강도 조절을 보는 맛이 없고 기승전결이 있는 스토리텔링에 집중하기가 어렵다. 영상으로 접하는 인터뷰는 대개 외모가 주는 분위기, 목소리와 표정 같은 비언어적인 요소로 인해 신경이 분산되기도 한다.

대학 때는 지승호, 김혜리 같은 전문 인터뷰어가 쓴 인터뷰집을 좋아했다. 직장 생활을 할 때는 한겨레신문에서 연재됐던 김두식 교수의 인터뷰 시리즈를 아껴 읽었는데 최근에는 은유 작가와 김지수 기자가 진행하는 인터뷰를 챙겨본다. 가만있으면 내 세상은 자꾸 비슷한 사람들과 비슷한 화제에서만 맴돌게 되지만 인터뷰를 찾아 읽다보면 친절하게 큐레이션된 방식으로 새로운 사람과 지식을 접할 수 있다. 인터뷰는 이처럼 몰랐던 사람에게서도 도움이 되는 말을 듣는 기쁨과 동시에, 대화의 고급 기술도 습득할 수 있어 실용적이다. 좋은 질문을 해야 좋은 답을 들을 수 있으며 좋은 질문을 하려면 구체적으로 물어야 한다는 것, 잘 짜인 질문도 중요하지만 경청이 제일 중요하다는 것도 알게 된다.

궁금한 문제들에 대해 깊이 있게 물어볼 수 있는 어른이 적은 청년에게, 내가 예전에 그랬듯 간접경험으로라도 배울 점이 있는 사람들을 만나라고 말해주고 싶다. 특히 책 읽는 재미를 잘 못 느낀다는 사람에게 생생한 말로 쓰인 인터뷰집을 추천한다. 말과 글 중간에 있는 언어로 적힌 책을 완독하는 경험을 해보면, 이를 통해 책이 곧 사람과의 만남 그 자체이기도 하다는 걸 알게 되면, 자연스럽게 좀더 깊은 문장과 사유를 담은 책으로 넘어갈 수도 있다. 겉돌지 않는 대화가 특히나 그리워지는 요즘, 다정하고도 고독한 말들을 읽어가며 외로운 날들 속에서도 힘이 되어줄 만한 무언가를 찾아내보면 좋겠다.

일단 다 듣겠습니다만 결정은 제가 할게요

"안 죄송한데 죄송하다고 해? 또 할 거지만 일단 안 그러겠다고 해? 다 때려치우고 싶다……"

잡지를 만드는 친구가 괴로움을 토로해왔다. 레즈비언 커플의 인터뷰를 실었는데 이를 본 독자 몇몇이 동성애를 장려하는 거냐며 자꾸 전화를 해 그에 대응할 말을 찾느라 머리카락이 다 빠질 지경이라는 것이다. 우리 곁에 벌어지는 많은 상황은 대개 당하는 본인에겐 진저리나는 다큐멘터리지만 옆에서 보는 사람 입장에선 우스운 시트콤 같다. 무언가 만들어내는 이에게는 이런 고뇌가 숙명이라 생각하면서 나 또한 비슷한 일을 겪었던 날들이 떠올랐다.

잡지를 만들 때 독자들의 항의 전화를 종종 받았다. 비판적인 댓글은 시간을 들여 고민한 뒤 답을 할 수 있지만 전화는 아무 준비 없이 당장 받아내야 하는 것이라 어떻게 하면 문제를 더 키우지 않으면서 해명할까 적절한 말을 고르다가 결국 불편하게 해드려 죄송하다는 말만 반복했던 것 같다. 제목에 '병맛'이라는 표현을 썼다가 장애인을 비하하는 표현을 썼다며 사과하라는 지적을 받고 가슴이 덜컹했던 날도 있었고, 콘텐츠가 이십대의 관심사와 더 가까워야 한다는 독자 피드백을 받은 뒤 섹스 칼럼 코너를 개설했다가 문란한 성생활을 조장한다는 대학생 학부모의 분노 어린 전화를 받고는 아, 어쩌란 말이냐 트위스트 추었던 기억도 있다.

그런 비판을 받으면 신경이 곤두서서 그날 치 업무를 제대로 마치기가 힘들었다. 항의할 기미가 보이는 메일 제목을 보면 최대한 미루고 미루다 클릭하곤 했다. 그후 한 인터넷 커뮤니티에서 메일 제목부터 욕을 쓰면 기자들이 읽지 않고 바로 삭제하니 기자들에게 항의할 거면 '기자님~ 기사 너무 잘 보았어요' 같은 말을 쓰라는 팁을 공유하는 걸 보고 높은 치명률에 멈칫한 적도 있다. 요즘은 바로 비판 대상의 SNS로 찾아가 항의하니 이 전직 기자가 공유한 듯한(?) 조언은 이제 필요 없는 듯도 하지만.

그러다보면 겁이 나서 '이 기획이 얼마나 재미있을까' 혹은 '의미 있을까'보다는 '이걸 했다가 욕먹지는 않을까' 하는 생각부터 들기 십상이다. 이처럼 과한 자기검열을 하게 되면 무난하지만 아무도 관심을 가져주지 않는 결과물이 나올 확률이 커진다. 누구의 심기도 거스르지 않을 법한 콘텐츠를 만드는 데 집중하게 되면 하나마나한 이야기만 하게 되니까. 뾰족한 아이디어를 자주 내던 후배가 둥근 해 같은 기획을 내게 되는 것도 보았고, 내가 후배들의 기획안을 컨펌해줄 때도 논란이 예상된다는 이유로 진행을 못하게 한 적 있다. 겁을 내다보면 검증된 것 말고는 할 수가 없는데, 새로운 형식은 새로우니까 낯설 수밖에 없다.

호불호가 첨예하게 갈리는 넷플릭스 영화 〈보건교사 안은영〉을 보다가 나는 이 영화가 극장용이었다면 절대 나올 수 없었을 거라 확신했는데 인터뷰를 찾아보니 감독도 비슷한 말을 하고 있었다. 감독은 자신이 본 중 가장 기억에 남는 평가가 "아무도 안 말렸냐"는 말이었다며 이렇게 이야기했다.

"'아무도 안 말렸냐'라는 말과 함께 남긴 별점 0.5점을 보고 '빵 터졌다'. 만약 이것이 극장용 영화였다면 모든 사람들이 말렸을 것들을 넷플릭스를 통해 할 수 있었기 때문에 신났다. 그 댓글이 너무 재밌어서 캡처해서 제작진에게 보여줬

더니, 조명감독이 댓글을 달았더라. '아무도 안 말렸겠냐'라고."[2]

내 경우엔 어떻게 일하는 것이 좋을지 고민하며 타협점을 찾는 과정에서 바뀐 태도가 크게 두 가지다. 먼저 가까운 사람이 한 비판이 아니면 치명상을 입지 않게 되었다. 전에는 비판을 받는 사실 그 자체가 힘들었는데 일을 하면서 알았다. 칭찬보다 비판이 더 그럴듯해 보이기 때문에 지적부터 하는 사람들이 많다는 사실을. 결과물이 인기를 끌수록 비판의 목소리도 커진다. 온라인 콘텐츠를 만들 때 조회수와 댓글의 상관 관계를 분석해보면 조회수와 악플의 수는 비례했다. 조회수가 낮으면 좋은 평가만 있거나 반응 자체가 없었다. 비판을 받으면 검토하되 그게 다수 의견은 아니며 나라는 사람 자체에 대한 공격 또한 아니라고 생각하는 맷집을 키웠다.

전작을 출간한 후 기자에게 이런 질문을 받은 기억이 난다. "책에 대한 비판도 꽤 있던데, 그런 반응을 보면 어떠세요?" 그때 나는 이렇게 답했다. "책이 인기를 얻었기 때문에 어쩔 수 없이 감수해야 하는 거라고 생각해요. 만약 하느님이 제게 '베스트셀러 작가 되고 욕 좀 먹을래? 안 팔리고 욕도 안 먹을래?'라고 선택권을 주셨다면 저는 두 번도 생각 안

하고 전자를 택했을 거예요."

그다음 변화는, 결정을 내리기 전에 다른 사람의 의견을 많이 듣게 된 것이다. 과거에는 내가 하고자 하는 말을 자유롭게 하는 게 제일 중요하다고 생각했기에 경청의 과정을 밟지 않았지만 그 때문에 의도치 않게 누군가에게 상처 주는 경험을 종종 하게 되어 일단 의견 수렴을 우선으로 둔다. 이걸 좋게 보면 성숙이라 부를 수 있겠으나 밋밋해졌다고 표현하는 쪽이 사실에 가까우리라는 것도 안다. 어쨌거나 다른 사람의 눈을 통해, 가능하면 나보다 경력이 낮거나 어린 사람의 생각을 최대한 듣고 나서 보이는 점이 있었다. 내가 일하던 팀에서는 콘텐츠 기획 단계에서 인턴이나 사원이 활발히 의견을 냈다. 예전에는 관행적으로 했거나 문제의식 없이 썼던 표현을 두고 요즘 정서와 맞지 않다고 지적하는 피드백을 받을 때면 사회적 감수성이 높아지고 있다는 것을 느꼈고, 그에 맞춰 개인도 끊임없이 자기 계발을 하지 않으면 퇴보하리라는 위기감이 왔다.

웹 예능 〈문명특급〉의 홍민지 피디는 자신들이 일하는 방식에 대해 이렇게 말한 적 있다. "만약 제작진 중 한 명이라도 편집본을 보고 불편하다고 하면 그 부분은 날립니다. 아마 누군가는 이런 저를 두고 쉽게 포기하는 피디라고 평가할지 모르지만, 저는 누군가 불편하다면 과감하게 포기하는 것도 용기라고 생각합니다."[3] 이 프로그램이 1020 여성들 사이에서 열렬한 지지를 받은 비결은 편집의 새 기준을 제시한 말 속에 들어 있었다.

확고한 주관이 있으면 오해받기 쉽고 의도치 않게 상처를 주게 되지만 자기검열을 과하게 하면 무난하고 검증받은 것만 하게 된다. 마이 웨이를 외치는 예술가의 삶을 지향하는 것이 아니라면, 비판을 수용하는 열린 태도와 새로운 변화에 적응하려는 유연함이 필요하다. 남의 결과물을 보고 평가하는 건 누구나 할 수 있지만 만드는 사람이 되는 건 어렵다. 만드는 사람은 비판들 속에서 깨지고 고민하면서 자신만의 독창성을 지니게 된다. 일단은 말랑한 마음으로 조언을 구하고, 바깥의 이야기들을 참고한 후에 얻어낸 사금은 품고 잃지 말자. 이 과정에 약속된 땅이라는 게 있다면, 그 모든 외로움이 겪을 만한 가치가 있었다고 회고하게 되는 순간이 한 번쯤은 있으리라는 거다. 나 또한 그런 순간들을 잊지 못해 계속 쓴다. 유대인 속담 중에는 이런 말이 있다. "모든 사람에게 조언을 구하라. 하지만 자신의 결정에 따라 행동하라."

'왜'라는 질문을 잊지 않되,
너무 자주 질문하면 빨리 가기는 어렵다는
사실도 알아두자.
열심히 타인의 입장을 이해해보다가
도저히 안 되겠을 때
한 번씩 질문하는 용기를 내보자.

감사하라면
감사하지 않습니다

여름에 아이를 낳은 뒤 첫번째 겨울을 맞이했다. 몸에서 아이가 빠져나간 후 나는 '진 빠지다'는 표현이 의미하는 상태를 정확히 이해하게 됐다. 몸이 흡사 우려내고 건져올린 다시마와 멸치 같았다. 겉은 부풀었는데 속은 메마른. 식은땀이 나고 몸이 덜덜 떨려서 한여름에도 집에서 양말을 신고 지냈다. 예전에는 겨울 하면 눈이나 크리스마스를 떠올렸는데 나이 들어서인지 출산 때문인지 올해는 얼마나 추울까부터 걱정하게 된다.

월동 준비를 위해 롱패딩을 사기로 했다. 서울 근교의 한 아웃렛은 가족 단위 방문객이 많아 휴게실이나 수유실이 잘 되어 있어 아기와 가도 괜찮을 것 같았다. 엄마가 되고 나니 외출 전 미리 이런 조건들을 체크하게 된다. 바꿔 말하면 이는 한국에선 아동친화적 공간이 기본값이 아니란 뜻도 될 것이다.

아웃렛에 도착해 차에서 내린 뒤 남편이 아기띠로 아이를 안았다. 아이는 평소 잘 울지 않고 안기면 곧바로 쌔근쌔근 잠드는 편이다. 내가 삼십 년 넘게 살며 한 번도 못 들은 '순하다'는 말을 이 아이는 새로운 어른을 만날 때마다 듣는다. 역시나 이번에도 잠들었다. 그래도 오래 있을 순 없으니 한 시간 내로 쇼핑을 끝내자고 마음먹으며 바삐 첫번째 매장에 들렀다. 사이즈를 말하고 패딩을 걸쳐보는데 직원이 미소 지으며 묻는다.

"저기 서 있는 분이 남편분이세요?"

"네, 맞아요."

"어머, 아기를 안고 저렇게 기다려주다니, 너무 좋은 남편을 두셨어요."

"아…… 네, 그렇죠."

"고객님은 남편분께 감사하셔야겠어요. 저런 분 정말 없거든요!"

"그래요? 그렇군요."

그는 남편을 칭찬해서 나를 치켜세우려 했다. 의도를 알기에 불쾌하진 않았지만 마음속에 커다란 물음표가 붙었다. 쇼핑할 때 남편이 아이를 안고 있어주면 감사해야 하는 거였구나. 좋은 아내, 좋은 엄마 소리 듣는 건 국가대표 수준이어야 하는데 좋은 남편이나 좋은 아빠 소리 듣는 건 동네 조기축구회원 정도면 되는 것 같다.

마음에 드는 게 딱히 없어 인사하고 다른 매장으로 갔다. 그 매장에서 또 비슷한 말을 들었다. 남편은 흔치 않은 사람이고 나는 이런 이를 만난 걸 감사해야 한다고. 웃으며 "좋은 남편의 기준이 너무 낮은 것 같아요" 대꾸했다. 가는 곳마다 비슷한 말을 들으니 젖먹이 엄마가 옷을 사는 행위 자체가 비난받는 듯 느껴졌다. 그럼 아기 엄마들은 대체 옷을 어떻게 사는지 궁금해 친구들에게 물어봤더니 그들은 답했다. 아기가 돌이 되기 전엔 옷을 사지 않았던 것 같다고, 정 필요하면 인터넷 쇼핑을 했다고.

서둘러 패딩을 산 뒤 이번엔 내가 아기띠를 두르고 남편이 자신의 옷을 구경했다. 나와 달리 그는 쇼핑 내내 한 번도 아내에게 감사하라는 말을 듣지 않았다. 엄마가 아기를 안고 기다리는 건 당연하지만 아빠가 아이를 안고 서 있는 건 특별한 풍경이 된다.

감사하라는 말은 산후도우미에게도 들었다. 내가 있던 조리원에선 아기를 낳은 뒤 산모의 관절이 약해지므로 아기 목욕만은 꼭 남편이 시키라고 강조했다. 육아 강좌는 대개 평일 낮에 있었지만 아기 목욕 강좌는 평일 저녁과 주말에 있었던 것도 그런 이유였다. 그러잖아도 남편은 나보다 애착 쌓을 시간이 적으니 당분간 목욕만큼은 그가 전담하면 좋겠다고 생각했고 남편도 동의했다. 산후도우미와의 대화중 이 이야기가 나오자 그분은 대뜸 감사하라고 했다. 자상한 남편을 둔 복을 누린다면서.

"아기 목욕시켜주는 아빠 별로 없어요. 새댁이 항상 감사하세요."

"아니, 남편은 목욕시키는 것 말곤 딴건 거의 안 하는데요? 그것도 안 하면 어째요?"

"아빠는 밖에서 돈 벌어 오잖아요."

"음…… 사실은 제가 더 많이 벌어요."

굳이 대꾸할 필요는 없었는데 그날은 건방져 보이더라도 말하고 싶었다. 나중에 다른 산모에게 가서도 남편에게 감사하라 가르칠 것 같아서. 그런 이유라면 나 같은 경우는 손가락 하나 까딱하지 않아도 되나? 산후도우미의 논리대로 남편이 가정 경제를 책임지는 경우라 해도, 전업주부인 아내는 집안일의 대부분을 맡는 걸로 이미 역할 분담을 하고 있다.

그런데 공동의 일인 육아까지 아내 몫이면 남편은 아빠로서 무슨 역할을 하는 걸까.

심지어 우리나라에서 절반에 가까운 비중을 차지하는 맞벌이 부부조차 가사와 육아를 공평하게 나누고 있지 않다. 아내는 남편과 함께 돈을 벌고 함께 대출금을 갚아나가지만, 남편보다 훨씬 높은 비중으로 가사와 육아를 담당하는 경우가 많다. 이 경우 남편은 아내에게 감사해야 한다는 말을 주변에서 들을까? 공평하려고 결혼한 건 아니나 희생하려고 결혼한 것도 아니다. 그런데 세상은 당연한 듯 자꾸 여성에게만 감사하라고 한다.

가정에서 여성이 하는 일은 그 가치를 자주 폄훼당한다. 이유는 간단하다. 돈을 벌어들이지 못하기 때문이다. 따져보면 아기 엄마의 집안일은 다음과 같다. 아기를 먹이고 입히고 재우고 빨래하고 청소하는 일의 반복. 퇴근도 없고 휴일도 없다. 만약 비슷한 업무를 경제적으로 환산하면 어떨까? 비슷한 일을 하는 입주형 산후도우미를 고용하려면 주 6일 근무에 한 달 기준으로 300만 원 이상 든다. 운좋게 평일에 양가 어른 중 한 분의 도움을 받는다 해도 공짜가 아니다. 이 경우에도 한 달에 100만 원가량 드리는 것이 일반적이다. 가사도우미나 베이비시터를 고용하려 해도 시급 만 원이다. 가

사노동의 가치를 경제적 비용으로 환산하면 이 정도 가치가 있는 것이다. 그런 관점에서 보면 아내가 가사와 돌봄 노동을 전담하는 건 돈을 모으고 있는 거라 할 수 있다. 그럼에도 전업주부를 집에서 편히 돈 쓰는 사람으로만 여기는 분위기는 여전해서 여성들은 자꾸 자존감이 낮아지고 열어져 간다.

특히 초보 엄마들은 출산 후 세상과 괴리된 기분이 들어 자존감이 극도로 떨어지는 경우가 많다. 실제로 산후우울증의 첫 단계는 자신감이 사라지는 것이라고 한다. 아이를 낳고 완전히 변한 몸과 라이프스타일로 인해 깊은 우울감에 빠지기도 쉽다. 아이 외에는 그 누구에게도 필요한 사람인 것 같지 않아 주눅든 상태에서 감사하라는 말을 자꾸 듣게 되면 자신의 가치를 더욱 의심하게 된다. 그러니 그런 말을 남편에 대한 칭찬이랍시고 하는 걸 그만두자. 그런 말을 듣게 되었을 때 자신의 가치를 의심할 필요조차 없다.

애초에 생각해보면 '감사해라'는 말은 '좋아해라' '슬퍼해라'처럼 이상한 표현이기도 하다. 감정은 강요할 수 없으니까. 어쩐지 감사하라는 말을 들으면 감사하려다가도 비뚤어지고 싶다. 게다가 집에 돈 벌어오는 사람이 일방적으로 시혜를 베푸는 게 아니다. 누가 누구에게 일방적으로 빚을 지고 있는 게 아니니까. 부부는 그저 각자의 일을 나눠 하고 있다. 그러니 남편에게 '감사하라'는 가르침은 그만 듣고 싶다. 감사는 제가 알아서 할 테니까요.

당신은 아이를 키우면 안 된다

『당신은 개를 키우면 안 된다』라는 책이 있다. 반려견 행동 전문가로 유명한 강형욱씨가 쓴 것이다. 이 문장형 제목 앞에는 '당신이 준비되어 있지 않다면'이라는 말이 생략되어 있다고 한다. 너무 많은 이들이 준비되지 않은 상태에서 강아지를 데려왔다 버리는 걸 목격했기 때문이다. 그가 오랫동안 출연했던 방송 〈세상에 나쁜 개는 없다〉의 열혈 시청자인 나는 프로그램 제목 뒤에 이 말이 생략되어 있다고 이해한다. '세상에 나쁜 보호자는 있다.'

방송에는 나쁜 보호자가 자주 등장했다. 1인가구라 외롭다는 이유로 강아지를 입양한 보호자는 혼자 오래 있는 것이 외롭고 두려워서 분리불안 증세를 보이는 강아지의 버릇을 고쳐달라 한다. 가족들에게 허락을 구하지 못한 채 무작정 강아지를 데려와 좁은 자기 방에 가둔 대학생은 강아지가 덜 짖게 해달라고 한다. 외로워서, 예뻐서, 다른 사람들이 키우는 걸 보고 부러워서 등의 이유로만 강아지나 고양이를 데려오는 사람이 많다. 그래놓고 제대로 케어도 못하다가 병이 들면 비용 감당을 못하니 버려버린다. 다닥다닥 붙어 있는 원룸에서 강아지를 키우면서 강아지에게 조용히 하라고 윽박지르거나, 피곤하고 귀찮다는 이유로 산책을 자주 시키지 않는 무책임한 사람들. 그러면서 강아지가 항상 온순하고 귀엽기만을 바란다.

엄마가 된다는 소식을 전하자 선배 엄마들은 말했다. 이제 생각지도 못한 세상이 펼쳐질 거라고. 예언대로 과연 많은 부분이 달라졌다. 그중 하나가 아동학대 관련 기사를 읽을 때의 심정이다. 도대체 아동학대와 관련된 뉴스는 줄어들지 않는다. 아이를 소유물이나 장식품 정도로 생각하는 사람, 폭력을 썼으면서 사랑이었다거나 훈계라거나 실수였다고 변명하는 사람. 어린 자녀를 살해한 후 자살을 기도했다는 기사는 제목만 봐도 눈밑이 떨린다. 이런 사건들을 접하면 감정이입이 과하게 되어 울컥한다. 월령별 아이의 특징, 말랑하고 연약한 육체, 부모가 세상의 전부였을 영혼이 구체적으로 떠올라서 알고 지낸 옆집 아이 소식 같다.

아동학대 기사를 읽다 발견하고는 깊이 공감하며 메모한 표현이 있다. "우리는 살해된 아이의 진술을 들을 수 없다. 동반자살은 가해 부모의 언어다. 아이의 언어로 말한다면 이는 피살이다. 법의 언어로 말하더라도 이는 명백한 살인이다." 울산지법 박주영 부장판사의 판결문 일부다. 그는 설명했다. '동반자살'이라는 표현은 자식이 부모에게 종속돼 있다는 그릇된 생각에서 왔다고. 우리의 언어는 가해자의 언어, 부모의 언어 위주로 구성되어 있다고.

그의 지적대로 우리의 사고와 언어는 지나치게 부모 중심적이다. 부모는 일방적인 선택으로 아이를 세상에 초대한다. 아이는 태어나게 해달라고 부모에게 부탁한 적 없고 부모를 선택할 수도 없다. 십대들이 자조적으로 하는 말 중 '낳음 당했다'는 표현이 있는 것처럼. 아이를 낳으려고 해서 부모가 된 게 아니고 아이가 와준 덕택에 부모가 되었다. 그런데 자식에게 이렇게 말하고는 한다. "낳아준 걸 감사해라." 양육은 선택 사항이 아닌 의무임에도 또 이렇게 말한다. "키워준 걸 감사해라."

아이를 가질지 말지 고민할 때 주변에서 하는 조언도 따져보면 부모 입장에서의 말뿐이다. 아이가 주는 기쁨이 크고,

자식이 부부 사이를 이어주는 연결고리가 되기 때문에 낳아야 한다고 한다. 첫아이가 아들이라면 엄마에게 딸이 꼭 있어야 하니 둘째를 낳으란 말을 듣곤 하는데 그 이유 또한 아이의 언어는 아니다. 엄마를 생각해주고 챙겨주는 건 딸밖에 없기 때문이라서다. 딸은 태어나기도 전부터 다정다감하게 엄마를 도와주는 역할을 기대받는다. '첫딸은 살림 밑천'같이 이상한 말도 이와 비슷한 맥락에서 나왔다.

아이를 낳고 나니 더욱 선명해진다. 나 또한 오래되어서 잊고 있던 어린 시절의 순간들을 아이가 재생해준다. 부모의 눈빛 하나 말 한마디가 세상 전부였던 시간. 아이의 눈동자에 내가 비칠 때 한 번씩 떠올린다. 나도 너일 때가 있었지. 아이가 나를 보고 웃거나 안아달라고 온몸을 내맡길 때, 서로 가슴이 맞닿을 때 새로운 감정에 전율한다. 누군가에게 이 정도로 사랑받을 수 있구나. 자신보다 자식을 더 사랑한다는 말이 과장이 아니었구나. 이 아이로 인해 기쁨의 극한을 안 대가로 평생 겁내며 살리란 예감에도 사로잡힌다. 평생의 기쁨을 얻고 평생의 홀가분을 잃었다. 부모 자리의 무게가 대통령 자리와 다르지 않다는 걸 깨닫는다. 누구나 하는 것처럼 보이지만 함부로 맡으면 안 되겠구나.

"언제 아이를 낳는 것이 좋을까요?" 엄마가 되니 그런 질문을 종종 받는다. 내 경우엔 출산 계획이 없다가 마음을 바꿔 결혼 삼 년 만에 아이를 낳았다. 출산 시점에 관해 많은 이들이 고민하는데 특히 일하는 여성들이 그렇다. 이런 질문 앞에서 한 살이라도 더 젊을 때 낳으라는 답을 대부분 받게 된다는 것을 안다. 하지만 나는 이렇게 말한다. "아기 없이 사는 것도 좋아요. 그래도 낳을 거라면 준비를 해야 해요."

점차 부모들의 사정이 눈에 들어오게 되었다. 힘든 상황을 감당하는 게 벅차 아이가 마땅히 받아야 할 사랑을 주지 못하는 경우가 보였다. 전에는 원래부터 나빴던 사람들이 부모가 되어 아이를 학대하는 거라 생각했다. 그런데 이제 알겠다. 보통의 사람들이 지쳐서 나빠지면 아이마저 미워하게 되는 경우도 많다는 걸.

키울 상황이 되지 않아도 강아지를 키우는 사람과, 같은 상황에서 입양을 포기하는 사람 중 누가 더 책임감 있을까. 아이를 낳지 않는 게 무책임한 것이 아니라, 준비되지 않았을 때 아이를 낳는 게 무책임하다. 출산과 육아의 과정은 무엇을 상상하든 그 이상으로 힘들다. 어쩌다보니 생겼으니까, 주변에서 원하니까 등의 이유로 임신을 하게 되면 생활이나 정서가 불안정해지기 쉽고, 그러다보면 아이에게 원망이 옮겨갈 확률이 커진다. 부부싸움을 하고 약자인 아이에게 화풀

이하게 되기도 한다. 자신은 아이 생각이 없었지만 남편과 어른들이 하도 원해 '낳아준다'는 표현을 쓰는 여성도 있다. 책임감 있는 어른이라면 자신의 상황과 마음을 따져보고 계획하에 임신을 해야 한다. 가족계획을 고민하는 중이라면 아래의 상황을 검토해보는 것을 추천한다.

첫째, '낳으면 어떻게든 된다'는 말에 속지 않는다. 이 말의 진짜 뜻은 '낳으면 어떻게든 네가 알아서 하겠지'다. 그걸 덥석 믿으면 뒷감당은 여성의 몫인 경우가 대부분이다. 유사 표현으로 '자기 밥그릇은 타고난다'도 있는데 이건 여성이 결혼과 동시에 '안사람'이 되어 다산을 임무로 여기던 시절에 생겨난 언어다. 아이가 곧 노동력인데다 영아사망률도 높았기에 일단 많이 낳는 게 미덕이던 봉건적 농경시대의 유물이다. 이제 여성도 '바깥사람'이 된 지 오래다. 아이를 낳고 키우려면 전보다 더 돈이 드는데 당분간 한쪽이 일할 수 없으니 경제 상황을 점검해야 한다. 생활비와 대출금, 보험금을 어떻게 할지 검토하고 둘 중 한 명이 계속해서 회사를 다니지 않게 될 상황도 가정해보면 좋다. 부자만 아이를 낳아야 한다는 말이 절대 아니다. 아이는 부모의 사랑으로 자라니까. 다만 사랑을 표현하는 데도 최소한의 돈은 필요하니 사전에 재정 계획을 세워보자는 것이다.

둘째, 정서적으로 건강하지 않은 상황에서는 치료부터 끝내야 한다. 요즘은 우울증을 마음의 감기 정도로 이해하는 사람이 많아졌다. 공황장애 같은 용어도 낯설지 않다. 누구나 몸이 아플 수 있듯 누구나 마음이 아플 수 있다. 그럴 땐 자신의 마음을 먼저 추스르고 자신의 몸만 돌보는 것을 우선으로 두자. 애정 쏟을 대상이 필요해서, 변화의 계기가 필요해서 같은 이유로 임신하는 것은 위험 부담이 크다. 명랑하던 사람들도 임신중에는 호르몬 변화로 감정 기복이 심해지고, 긍정적이던 사람들도 출산 후에는 수면 부족과 힘든 육아로 산후우울증에 걸리곤 한다. 흔히들 '아이 없는 삶은 지루한 천국이고 아이 있는 삶은 재미있는 지옥'이라고 하는데, 전부터 마음이 힘든 상태였다면 그저 후회뿐인 지옥이 될 수 있다.

셋째, 배우자와 불화가 있거나 관계가 소홀해진 상태에서 이에 대한 타개책으로 아이를 가지면 안 된다. 불성실하거나 애정 없던 남편이 아빠가 되면 바뀌리라 기대하고 임신하는 경우가 있는데 이런 기대에 배반당하면 서운함이 배가된다. 아이를 낳고도 책임감 없는 상대에게 질려 싸우게 되며, 이 같은 싸움의 피해는 결국 아이에게 고스란히 돌아간다. 특히 분노 조절이 안 되는 사람, 술을 마시거나 화가 나면 폭력을 쓰는 사람과 결혼했다면 당장 이혼은 못하더라도 피임부터 철저히 해야 한다. "너 때문에 이혼 못하고 산다"며 하소연하는 부모가 많은데, 이 또한 아동의 정서를 파괴하는 학대라는 점을 알아야 한다.

마지막으로, 이루고 싶은 목표가 많은 여성은 커리어 기반이 잡힐 때까진 임신을 미루는 걸 추천한다. 예컨대 이직이 목표라면, 이 년 내에 이직을 한 뒤 임신하겠다는 식으로 목표를 이루기까지 시한을 잡는 것이 좋다. 워킹맘으로 살고 싶다면 임신과 육아로 인해 일을 멈추는 기간이 최소 일 년 이상인데 그 공백을 어떻게 감당할 것인지 계획해야 한다. 육아휴직과 어린이집, 복직 후 아이를 봐줄 사람도 남편과 논의하고 구체적으로 알아봐야 할 것이다. 그러지 않으면 상황에 몰려 일을 놓게 되거나 복직 후 일자리의 수준이 낮아질 수 있는데, 이처럼 타의로 일을 중단하면 아이로 인해 내 인생을 포기했다는 생각이 들어 더욱 힘겨워질 수 있다.

아이는 축복이지만 언제나 누구에게나 그런 건 아니다. 그렇다면 환영하면서 아이를 맞이할 수 있을 때 초대장을 써야 한다. 생명 탄생을 부모의 관점에서만 볼 것이 아니라 무방비로 태어나 선택 없이 부모를 갖는 아이의 관점에서도 보아야 한다. 저조한 출산율이 문제라고 하는데, 태어날 아이 입장에서 저출산과 아동학대 중 무엇이 더 문제겠는가?

태어나 보니 부모가 무책임한 건 내가 어찌할 수 없지만 무책임한 부모가 되지 않는 건 내가 선택할 수 있다. 아이였던 때의 심정을 잊지 않은 채로, 절대 그러지 말아야지 했던 행동을 자녀에게 고스란히 반복하는 일을 그만두자. 그러지 않으면 어린 시절 눈물짓던 내 눈매를 아이가 닮게 될 것이다.

2부 인용 출처

1 「신년 대담—박찬욱, 김지운, 최동훈, 류승완, 나홍진」, 『씨네21』, 2016. 1. 4.

2 「[이경미 감독 인터뷰] '보건교사 안은영'의 모든 것 밝혔다」, <시사위크>, 2020. 10. 7.

3 「MZ세대가 컨펌해준 리스크 없는 콘텐츠 제작 꿀팁」, 트렌드 미디어 <캐릿Careet>, 2020. 6. 3.

3부

우리 더
좋은 곳으로 가자

오늘만 살지 말고
내일도, 내년에도
살아 있어야지

살면서 제일 죽음 가까이에 있던 날은 서른을 앞둔 12월의 밤이었다. 대구에서 출발한 고속도로 위에서 양재에 가까워진 걸 보며 거의 다 왔다고 긴장을 풀던 그때, 옆에서 운전하던 이가 어, 어 하면서 핸들을 확 틀었다. 쾅! 하는 소리와 코를 찌르던 매캐한 냄새. 후에 들으니 졸음운전을 하던 뒤차가 내가 타고 있던 차를 밀어버렸다고 한다. 그뒤는 자세히 생각나지 않는다. 앰뷸런스 사이렌 소리가 요란했고 응급실에 실려가자마자 저녁에 먹은 걸 다 토했던 일, 내부 출혈이 심해 급히 수술에 들어가겠다고 설명하던 의사 목소리. 방광이 파열되고 발목과 골반이 골절되었고 왼쪽 다리에 신경손상 소견이 있어 뼈가 붙고도 제대로 걸을 수 없을지 모른다는 말을 들었다. 내 이름으로 전치 20주의 진단서가 나왔다.

중앙대병원에서 한 달간 응급 수술을 두 차례 끝낸 뒤에도 부러진 골반 때문에 꼼짝하지 못했다. 기저귀와 소변줄에 의지해 대소변을 받아냈고 엉덩이 골에는 욕창이 생겨 악취가 났다. 이때 인간의 존엄성이나 자존심이 얼마나 연약한 기반 위에 있는지 알게 됐다. 사설 구급차를 불러 경희대병원으로 옮겼는데 여기는 한의대로 유명한 곳답게 한방과 양방 협진을 한다고 해서 재활치료를 목적으로 하는 이들이 많이 간다고 했다. 병원을 옮기고는 어느 정도 나아 조금씩 몸을 움직이게 되었고 드디어 휠체어를 타는 데 성공한 날엔 조각 케이크를 먹으며 남자친구와 기쁨을 나눴다.

4인실 안에서 두 달 넘게 머무르는 동안 새로운 사람들이 계속 들어오고 나갔다. 병명은 제각기 달랐으나 대부분 머리가 짧고 뽀글거리며 주말이면 손주가 부모와 함께 병문안을 오는 나이대 사람들이었다. 평일 아침에는 무조건 〈아침마당〉을 보고 일요일이면 반드시 〈전국노래자랑〉을 트는 이들. 나처럼 휠체어를 타는 사람은 많지 않았고 이십대인 사람은 더더욱 보기 어려웠다. 가끔 내 또래로 보이거나 나보다 어려 보이는 사람을 마주치면 여기 오게 된 사연이 궁금해졌다.

굳이 내가 먼저 묻지 않아도 병원 안은 소문이 빨랐다. 침대 위 시트를 탁탁 쳐가며 주름 없이 깔고 환자식에 밥 한 공기를 추가해 냉장고에 넣어둔 반찬을 꺼내 먹는 모습이 노련해 보였던 간병인 아주머니들이 어색한 한국어 억양으로 병원에 오래 머무는 사람들의 사연을 말해주곤 했다. 내 또래면서 휠체어를 타는 이들은 대부분 교통사고가 원인인 경우가 많았다. 그런 이들의 상태를 설명할 때 꼭 보험사와 관련한 설명이 들어갔다. 상태가 이렇게 나빠질지 모르고 너무 빨리 합의를 해줬다고, 합의금 받은 것은 이미 다 썼고 치료비가 앞으로 얼마가 더 들어야 하는지 모른다고. 목을 가누지 못하거나 오래 걷지 않아서 다리가 팔목처럼 얇아진 이들과, 그를 돌보는 보호자들의 머리카락은 희끗했고 어깨가 굽어 있었다.

가해자가 가입한 자동차 보험회사의 직원이 병원에 방문했다. 사고 내신 분이 굉장히 죄송해하고 있으며 쾌유를 빈다고 전해달라고 했다며 인사하고 명함을 주고 갔다. 곧 다시 연락을 드릴 테니 치료에 전념하라는 말을 남기면서. 사과에도 아웃소싱을 주는 것이 자본주의의 이면이라는 생각에 화가 나려다 그저 우스워졌다. 점차 진통제에 의지하지 않게 되며 정신이 맑아졌고 재활치료에 전념하면서 휠체어에서 목발로 옮겼다. 경희대 캠퍼스에 벚꽃이 흐드러지던 즈음엔 절뚝거리며 손과 발이 동시에 나가는 식이긴 했지만 드디어 두 발로 서게 됐다.

네 달간의 병실 생활을 정리하자 곧바로 보험사 직원에게서 다시 연락이 왔다. 2000만 원을 제시하면서 최대한으로 정한 비용이니 합의하자며 남아 있는 치료를 받고도 충분할 거라고 했다. 지금 말고 나중에 하면 금액이 오히려 적어질 수도 있다고 설득하려 하기에 더 들을 것도 없다며 거절했다. 퇴원만 했을 뿐이지 아직 일상 생활을 할 수 있는 상태가 아니고 치료를 얼마나 더 해야 하는지도 모르는데 성급하게 종결할 수 없었다. 천천히 치료를 더 받고, 합의할 수 있는 상태라고 생각되면 먼저 연락을 드리겠다고 단호하게 말했다.

같은 해 겨울이 되자 처음 찾아왔던 직원이 아닌 더 높은 직급의 직원에게 연락이 왔고 다음해에는 부장이라는 사람에게 전화가 왔다. 시간을 끌수록 그들에게 불리해지는 시스템임이 분명했다. 여전히 나는 준비가 되지 않았다고 말하면서 퇴원 후에도 계속 병원에서 물리치료를 받았고, 이 경우 합의금을 얼마나 받는 것이 최선인지 알아보기 시작했다. 사고가 난 건 어쩔 수 없지만 그뒤는 내가 어떻게든 바꿔볼 수 있는 일이니까. 남자친구가 관련 용례를 찾는 데 도움을 주었고 함께 손해사정사와 변호사를 찾아가 유료 상담을 받았다. 알고 보니 합의금이라는 것은 계산이 복잡했다. 단순히 상해 정도에 따른 것이 아니라 연봉 같은 요소도 고려해 손해금을 합산하는 식이었다. 우리가 모은 자료에 의하면 합의금은 내 경우 4000만 원이 최선이었다. 이 금액에 대한 말은 쏙 빼고, 우리가 알아본 내용들을 미팅 전 레포트 수준으로 정리해 보냈다. 기준 이하 금액을 제시하면 소송까지 낼 생각이었다. 마주앉은 직원은 보험금으로 내가 생각한 비용 이상을 제안했고, 오케이를 하자마자 곧바로 통장에 50,000,000이라는 숫자가 찍혔다.

이때의 협상 경험은 내게 깊은 인상을 남겼다. 이십대 초반의 나였다면 처음 보험사 직원을 만났을 때 2000만 원이라는 금액을 듣고 바로 합의를 했을 것 같다. 아니, 분명히 했다. 더 알아볼 것도 없이, 지금이 아니면 이 돈마저 놓칠 거라 생각했겠지. 후유증이 나타날지 확실치 않을뿐더러 나타나더라도 나중 일이지만 돈을 받는 건 당장의 일이니까. 왜 이십대 초반에는 그런 선택을 했을 것이고 지금은 그때와 달라진 걸까. 그동안 내가 갑자기 똑똑해졌나? 신중해졌나? 딱히 그런 것 같진 않았다.

결국 이 선택을 가른 건 '예비비'의 유무였다. 당시 나는 직장 생활을 오 년 넘게 한 상태여서 당장 월급이 들어오지 않아도 이 년 이상 버틸 수 있는 돈이 있었다. 그랬기에 교통사고가 나고 휴직을 한 상태에서도 급할 게 없다고 배짱을 부릴 수 있었던 거다. 살다보면 어떤 난관에 부딪히게 되고 그럴 때는 누구든 패닉에 빠져 시야가 좁아진다. 이때 필요한 도구는 충분한 시간적 여유와 정보력(전문가나 주변인의 도움)인데, 이것은 일단 당장의 생활비 걱정이 없어야 가능하다. 여유가 없어 다급해진, 절박함의 냄새를 풍기는 사람은 그 어떤 이와의 파워게임에서도 진다.

이 사실을 깨닫자 전에 가졌던 의문이 풀렸다. 왜 그렇게 내 주변에 고등학교만 졸업하고 공장으로 가는 사람들이 많았는지, 장학금 같은 정보를 찾을 수 있었을 텐데 더 알아보지도 않고 가깝고 학비가 저렴한 대학에 입학했는지, 대학 졸업 후 곧바로 취업이 되지 않으면 일단 어디든 어떤 조건으로든 입사하거나 결혼해버리는 여성이 많았는지……

그후 나는 책 『가난한 사람이 더 합리적이다Poor Economics』를 읽다가 가난하게 살아간다는 건 정보에 접근할 기회가 적다는 것을 의미하며, 때문에 가난한 사람은 그렇지 않은 사람이 당연하게 여기는 사실(예컨대 예방접종을 하면 홍역을 예방할 수 있다는 것)조차 모르는 경우가 많다는 대목과, 가난하면 내일보다 오늘이 더 중요할 수밖에 없기에 목표까지 가지 못하고 자포자기하게 되며, 이는 악순환으로 이어진다는 글에 밑줄을 그었다.

회사 생활을 할 때 나는 후배들이 일단 쉬고 싶어 퇴사를 생각한다고 면담을 청해오면 꼭 이 질문을 했다. "재취업이 바로 되지 않아도 일 년 정도는 버틸 돈이 있니?" 그렇지 않다고 하는 사람에게는 우선 그 돈부터 모으고 다시 생각하는 게 좋겠다고 했다. 회사 생활을 하며 모아둔 걸 퇴사 후 해외여행을 가는 데 다 써버리고 한국에 돌아와서는 간당간당한 생활비에 쫓겨 전 직장보다 훨씬 못한 곳으로 가는 경우를 많이 보았기 때문이다.

예비비가 있으면 화각이 넓어지고 그렇게 되면 전에 보이지 않던 것들까지 아울러 최선의 선택을 할 수 있다. 사회초년생이라면 일단 1000만 원부터 만드는 것을 목표로 해보자. 목돈이라고 생각되는 단위의 숫자를 통장에 한번 찍어보는 경험이 필요하다. 처음이 어렵지 일단 그렇게 되면 돈 모으는 데 재미를 붙일 수 있어서 1000만 원을 만드는 과정보다 1000만 원에서 3000만 원을 만드는 과정이 더 쉽다. 이런 루틴이 빈곤에서 벗어나는 지름길임을 알고 있기에 정부에서는 기준 소득 이하의 청년을 대상으로 저축 금액만큼 지원하는 '희망두배 청년통장' 같은 복지 정책을 시행하고 있다. 오늘만 사는 선택을 하지 않기 위해서 필요한 건 차분함을 기르는 연습이 아니라 잔고에 쫓기지 않는 환경부터 구축하는 것이다. 사람들이 현명하지 못한 선택을 하는 이유가 정말 현명하지 못해서만은 아니다.

울지 않고
돈에 대해 말하기

'돈 워리, 돈 크라이'를 내 맘대로 해석하면 이렇다. '돈 때문에 걱정이고 돈 때문에 우네.'

감옥 독방만한 사이즈의 방에 누워 '여기서 죽으면 얼마만에 발견될까?' 생각한 적이 있었다. 생활비를 벌며 대학에 다니느라 그 시기 가장 많이 했던 말 중 하나가 "시간이 없어"였다. 돈 없는 대신 유일한 자산인 몸으로 버티느라 에너지 음료를 많이 마셨다. 그때 저당잡힌 체력을 아직도 못 찾아왔는데 아마 영원히 못 찾을 것 같다.

회사에서 자리잡고 4년제 대학 출신의 평균 연봉 이상을 받게 되면서 문득문득 억울했다. 돈 있는 사람들은 이렇게 먹고 싶은 게 있으면 그냥 먹었겠구나. 가격부터 보지 않고.

돈 있는 사람들은 이렇게 배우고 싶은 게 있으면 그냥 배웠겠구나. 돈을 어떻게 마련할지부터 고민하지 않고. 나는 이제야 이런 세상의 초입에 들어서 두리번거리는 중인데 어떤 이들은 자연스럽게 누리고 살고 있구나. 그래서 그들이 나에게 자주 질문했구나. '넌 왜 그렇게 열심히 살아?'라고. 그건 칭찬이 아니라 의아함이었구나.

돈 때문에 전전긍긍하던 시기를 지나니 전보다 객관적으로 상황을 바라볼 수 있게 되었다. 사람들이 돈을 좋아하는 진짜 이유는 자유와 용기를 주기 때문이다. 싫은 걸 덜 할 수 있는 자유. 싫은 건 싫다고 말할 용기. 돈이 생겨서 좋은 부분은 돈에 대해 생각하는 일이 확연히 줄어들었다는 거였다. 일상의 제약이 옅어졌다. 간당간당한 잔고를 외우고 있지 않아도 되니까.

돈이 없을 때나 생기기 시작했을 때나 갈팡질팡한 건 마찬가지였다. 원하면서도 미워하니 불화할 수밖에. 돈을 많이 벌고 싶으면서도 돈에 얽매이고 싶지 않은 마음. 부자를 부러워하면서도 별것 아니라고 무시하고 싶은 마음. 돈이 중요하다 생각하지만 그게 다는 아니라는 걸 아는 마음. 그러다가도, 그게 다는 아니라도 어쩌면, 상당 부분이 아닐까 의심하는 마음.

이중적인 마음을 가진 채 돈에 관해 이야기하기 민망해하는 동안 어떻게 돈을 잘 써야 하는지, 받아야 하는 돈은 어떻게 요구하는지를 못 배우고 직장인이 됐다. 돈이 절실하면서도 "그래서 비용은 얼마인가요?" "더 주셔야 할 것 같아요" "비용이 안 맞아서 진행이 어려울 것 같아요" 같은 말을 입밖에 내기 어려워했다. 주변을 둘러보니 나만 그런 건 아니었다.

〈뉴스페이퍼〉가 문학계 불공정 관행을 취재한 2020년의 기사 중에는 이런 내용이 있다.

> A 시인에 의하면 원고료 지급 기한은 출판사마다 다르지만, 통상적으로 책이 출간되어 집에 책이 도착하는 날쯤이다. A 시인은 "보통 도서 도착 후 하루이틀 사이에 고료가 입금된다. 그렇지 않을 때는 그냥 '들어오겠지' 하고 기다린다"는 말로 먼저 원고료 이야기를 꺼내기 어려운 작가들의 사정을 설명했다. 문학계에서 금액을 언급하는 일은 무례하거나 천박한 일로 치부당하곤 했다.[1]

지급할 돈에 관해 먼저 명확히 말해주지 않는 게 무례한 일인데도 반대로 여기는 경우가 더 많다. 어릴 적 아르바이트를 많이 했었는데, 그때도 밀린 월급 이야기를 어렵게 꺼내면 사장은 어린애가 돈을 밝힌다고 했다. 그로부터 시간이 많이 지났지만 이런 분위기가 사라지지 않은 것 같다. 원고 청탁이나 강의 요청을 하는 메일을 받아보면, 처음부터 비용을 언급하는 경우가 많지 않았다. 가능할지 알려주면 추후에 비용을 논의하겠다는 곳이 대부분이고(아니 비용을 알아야 가능한지 아닌지 알려주지요), 비용을 물어보면 '실례가 될까봐 비용을 먼저 말하지 않았다'는 곳도 많았다(그게 더 실례라고요……). 다들 돈이 중요한 문제가 아니라는 듯 행동했다.

이런 분위기가 관행인 게 싫었다. 다른 사람에게 부탁할 일이 있으면 돈에 대한 이야기를 먼저 챙기려 노력했다. 콘텐츠 의뢰나 협업 요청을 할 때 꼭 처음부터 비용과 지급 일정을 알려주었다.

타인에게 어떤 일을 부탁할 때는 처음부터 비용을 알려주기, 내가 부탁을 받을 때는 민망해하지 않고 비용을 물어보기. 기본이자 상식이 되어야 하는 일이다. 현실적으로 인턴 등 경력이 짧은 사람이 먼저 말을 꺼내기는 어려우니 돈이 급하지 않을수록, 불이익 걱정이 덜한 선배일수록 더 적극적으로 말해야 한다.

가끔 '쿠션어' 없이 "비용은 얼마인가요?" 하고 물어보면 상대가 화들짝 놀라는 것이 느껴진다. 진행은 하고 싶지만 비용이 적어서 하기 힘들면 '개인적인 사정으로 어렵다'는 식으로 뭉뚱그려 거절하지 않고 비용이 맞지 않는다고 솔직하게 말한다. 자꾸만 비용에 대해 먼저 이야기하고 요구해야 불합리한 업계 관행이 바뀔 수 있고 임금 현실화에 도움이 된다.

돈에 대해 말하는 것이 속물처럼 보일까봐 검열하는 동안 돈은 너무 많이 오해받았다. 정당하게 지급받을 대가에 대해서라면 떳떳해지자. 자립한 어른으로 나를 지탱해주는 돈의 엄중함에 대하여 말하자. 내 힘으로 돈을 벌어 나와 주변을 책임지는 일상, 그것보다 더 큰 어른의 일이 어디 있을까.

정확한 대가를 요구하고 더 많은 경제적 여유를 얻어서 자유로워지기를 꿈꿔야 한다. 돈 때문에 하는 일과, 꼭 돈이 아니더라도 하는 일부터 정확히 구분해야 삶에 질서가 생긴다. 자유로운 사람이 되기 위한 이야기를 하는 데 부동산이나 주식 같은 재테크 정보만 필요한 건 아니다. 일단 우리, 울지 않고 정확하게 돈에 대해 말하는 연습부터 하자. 이것부터 해결해야 다음 스텝으로 넘어갈 수 있다.

돈으로 시간을 벌어야 한다

일주일 중 사흘만 일하는 삶은 어떨까? 서울에서 '목금토 식탁'을 운영하는 이선용 대표의 이력은 독특하다. 그녀는 요리사가 되기 전 금융권에서 일했다. 뉴욕에서 MBA를 마치고 월스트리트에서 직장 생활을 하던 중 금융위기를 겪으며 진로 고민을 하게 되었다고 한다. 회사에 다니면서 요리를 배우기 시작해 전업 요리사의 길을 걸었고 이후 한국에 돌아왔는데 흥미로운 포인트는 그다음이다. 뉴욕에서 일한 경력을 살리면 한국에서 레스토랑을 크게 열 수도 있었을 텐데 혼자서, 그것도 주 3일만 여는 식당을 차렸다. 이 대표는 여성들을 위한 온라인 플랫폼 '헤이조이스'와의 인터뷰에서 그 이유를 이렇게 설명했다.

서브프라임 모기지 사태로 인해 회사에 일이 줄어들기 시작하자 그때까지 연봉으로 자신의 가치를 규정하던 동료들이 무너지는 걸 많이 보았다고. 그때부터 이선용 대표는 돈으로 자신을 규정하지 않는 삶, 돈에 끌려다니지 않고 시간을 주도적으로 쓰는 삶에 대해 고민하게 되었다고 한다. 일반적으로 어른이 되면 시간을 써서 돈을 벌고, 그 돈으로 자신을 행복하게 하는 무언가를 소비하는 낙으로 살아간다. 그 루틴에서 벗어나 원하는 일과 삶의 방식을 고민하게 되면서 이 대표가 떠올린 것이 주 3일만 여는 식당이었다.

밀레니얼 세대를 중심으로 주체적으로 시간을 운용해보려는 시도가 늘어나고 있다. 대표적인 흐름이 '경제적 자유와 조기 퇴직Financial Independence, Retire Early'을 의미하는 '파이어FIRE족'의 등장이다. 이들은 젊어서는 돈을 버는 데 시간을 쓰고 나이가 든 후 벌어둔 돈으로 여가를 보내는 현실에 의문을 제기한다. 인생의 여유로운 시기를 노후로 유예하지 않겠다는 다짐을 한 이들은 늦어도 사십대 초반에는 은퇴를 해 시간을 누리며 살겠다면서 이십대부터 극단적으로 소비를 줄이고 부업을 해 돈을 모은다.

이같이 열렬히 시간 운용을 고민하는 케이스는 아니더라도 코로나19로 인해 재택근무가 늘어나고 각종 모임이 사라지면서 갑자기 생겨난 시간 앞에서 당황하는 이들이 많아졌다. 그럴 수밖에 없는 것이, 시간을 효율적으로 아끼고 쓰는 법에 대한 이야기는 돈에 대한 이야기에 비하면 턱없이 부족하다. 많은 이가 시간과 돈이 반비례한다고 생각하기에 "시간이 많다"고 하는 사람 앞에선 갸우뚱한다. 시간이 많다면 부자 아니면 백수 중 하나라 생각하기 때문이다. 파이어족이나 자산가까지 될 순 없더라도 시간을 잘 사용하는 방법은 없는 걸까?

내 경우에는 직장 생활을 하며 글을 썼기에 시간이 항상 부족했다. 당연히 시간을 아끼는 법을 고민하지 않을 수 없었다. 출근 준비 시간까지 합치면 일단 평일에는 평균 열두 시간을 회사에 바친다. 이제 남은 것은 자는 시간을 포함한 열두 시간. 퇴근 후에는 지쳐서 글 쓸 시간을 확보하기 어려웠다. 예전에는 이럴 때 잠자는 시간을 줄였는데 이건 이십 대까지만 유효했다. 잠을 줄이는 대신 주말을 활용하려 시도했지만 평일에는 회사일을 하고 주말에는 글 쓰는 일을 하니 몸과 뇌가 쉬질 못해 금세 지쳐버렸다. 가족과도 시간을 보내기 어려웠다. 제대로 쉬지 않으면 제대로 일할 수도 없다는 걸 깨닫고 주말 중 하루라도 반드시 쉬었다. 그뒤 찾은 방법이 밤 아홉시에 잠들고 새벽 네시에 일어나 세 시간 동안 글을 쓰는 것이었다. 매일 하는 건 어려웠지만 주 2~3일 정도는 이런 루틴을 활용했다. 무엇에도 방해받지 않는 시간을 짧게나마 만들고 싶었다.

글 쓰는 시간을 확보한 후에는 일상을 단순화하고 체력을 아꼈다. 남편과 나는 결혼할 때 합의했다. 한 사람이 일방적으로 희생되지 않도록 집안일을 배분하는 것과 동시에, 둘 다 집안일을 최소한으로 하는 시스템을 만들자고. 신혼여행 비용을 아껴, 시간을 절약해줄 가전을 최대한 들였다. 식기세척기, 로봇청소기, 건조기, 스타일러 등등. 식사를 만들고 치우는 데까지는 최소 두 시간 이상이 걸리므로 평일에는 집에서 밥을 하지 않았다. 집밥을 먹는 주말엔 식기세척기로 설거지하는 시간을 벌었다. 매일 아침 로봇청소기를 돌려두고 나가면 돌아왔을 때 멀끔한 집을 마주할 수 있어 스트레스를 받지 않았다. 퇴근 후엔 내 몸만 씻고 쉬었다. 건조기는 빨래를 널고 말리는 시간을 아껴주었고 스타일러는 세탁소에 가는 시간을 줄여주었다. 한번에 구비하는 건 어렵더라도 조금씩 이런 제품을 갖춰가는 걸 추천한다. 우선순위를 어디에 둘지 판단하고, 이를 위해 과감히 투자할 필요가 있다. 그래야 평균 이상의 컨디션을 유지하기 위해 전전긍긍하지 않아도 된다. 쉽게 지쳐버리는 스스로를 미워하지 않아도 된다.

돈이 중요하지만 시간도 그만큼 중요하다.

아이를 키우며 일을 하는 지금도 무리하지 않으면서 시간과 에너지를 배분하려 노력한다. 엄마가 되고 당황한 것 중 하나는 일상에 변동성이 너무 커졌다는 사실이었다. 아이 상황에 따라 일정 변경을 해야 할 때 처음에는 스트레스를 크게 받았다. 예전이라면 일주일 만에 처리했을 일에 두 배 가까이 걸리는 경험을 하게 되면서 목표 일정을 느슨히 잡기 시작했다. 그러지 않으면 아이에게 짜증이 옮겨갈 수 있었다. 완벽하고 헌신적인 엄마가 되겠다는 생각은 애초에 버렸다. 생후 17개월이 되면서는 아이를 어린이집에 보내기 시작했는데, 그뒤로 업무는 오전에 최대한 처리한다.

시간의 양을 확보하는 것도 중요하지만 짧게라도 최적의 컨디션을 발휘하는 것이 중요하기 때문에 항상 괜찮은 기분을 유지하려고 노력하는데, 평정심을 지키기 위한 방법 중 하나는 아무리 남들이 다 한다고 해도 주식 열풍에는 관심을 두지 않는 것이다. 주식에 많은 돈을 투자하면 평일 오후까지 그걸 확인하려 앱을 수시로 껐다 켰다 해서 은근히 시간을 많이 쓸뿐더러 매일의 변동 상황에 따라 나의 기분이 좌우돼버린다. 그로 인해 불안해지면 본업에 집중할 수 없다. 때문에 별로 신경쓰지 않아도 되는 장기 적립식 펀드나 소액

투자만 하며 아주 가끔만 들여다본다. 돈이 중요하지만 나의 정신건강도 그만큼 중요하다.

시간의 운용이란 결국 어디에서 아끼고 어디에다 쓸 것인가의 문제인 듯하다. 무엇이 더 중요한 일인지 질문하고 순위를 조정하면서 덜 중요한 일에는 최대한 시간과 체력을 아끼는 것. 애초에 돈 버는 목적도, 사람이 태어난 목적도 사랑하는 사람과 좋은 시간을 보내기 위해서 아닌가. 어디까지 시간을 쓸지, 어디까지 돈을 벌지, 그렇게 번 돈으로 무엇을 할지, 그렇게 아낀 시간으로 무엇을 할지 선택할 수도 있는 것이다. 한정된 조건 속에서도 당장의 가능한 것들을 찾아갈 수 있다.

돈을 많이 벌고 싶으면서도
돈에 얽매이고 싶지 않은 마음.
부자를 부러워하면서도 별것 아니라고
무시하고 싶은 마음.
돈이 중요하다 생각하지만 그게
다는 아니라는 걸 아는 마음.
그러다가도, 그게 다는 아니라도 어쩌면,
상당 부분이 아닐까 의심하는 마음.

나쁘지 않은 것과 좋은 것을 구분하는 연습

어릴 때는 나쁘지 않은 걸 택하는 데 익숙했다. 다시 말하면, 딱히 마음에 들지 않으면서도 "다 좋아요" 또는 "전 괜찮아요" 같은 말을 자주 하며 살아왔다는 뜻이다. 선택지가 별로 없는 상황이 계속되면 어차피 내 의사는 중요하지 않다는 걸 내면화하게 되기에 무기력해지기 쉽다. 고만고만하게 다 별로인 선택지들을 보다가 이내 심드렁해지고 마는 마음.

좋아하는 것을 가져본 적이 별로 없으니까 무엇을 원하는지조차 잘 몰랐다. 사춘기를 맞이한 중학생 때 엄마를 졸라 간신히 만 원을 받아낸 뒤 헐레벌떡 시장에 갔던 날이 있었다. 그전까지는 한 살 차이 나는 언니에게서 옷을 물려 입기만 했기에 혼자 쇼핑을 간 건 처음이었다. 적은 돈이나마 있기만 하면 마음껏 살 수 있을 줄 알았는데 옷이 잔뜩 걸린 걸 보고 압도되었다. 직접 골라본 적이 없으니 어떤 옷이 어울릴지 전혀 감이 오지 않았다. 그때 결국 뭐라도 사서 돌아왔던가? 그건 기억나지 않는다. 버스를 타고 옷 사러 가는 내내 흥분됐던 마음이 무색하게, 막상 옷가게에 도착해서는 우두커니 있던 내 모습만 뚜렷하다.

기회가 생기더라도 제대로 고르지 못하는 것은 옷뿐 아니었다. 관계에서도 마찬가지였다. 무언가를 주도적으로 선택해본 적 없는 사람, 고만고만한 선택지가 다인 줄 아는 사람, 일단 지금 뭐라도 택하지 않으면 다음 기회는 없을 거라 여기는 사람. 이런 사람은 상황에 자신을 맞추는 일이 습관이 된 경우가 많아, 그때 듣는 '착하다'는 평가를 곧이곧대로 믿고 매번 지나치게 양보하다 결국 길을 잃곤 한다.

이런 유형이 아니었다면, 만나지 않아도 되었을 이를 만나기도 했다. 이십대 중반까지는 나를 좋아해주는 사람만 좋아했다. 누군가 나를 좋아해서 기쁜 것이 아니라, 나를 좋아하는 사람이 있다는 사실 그 자체가 기뻤다. 그러니 특별히 나쁘지만 않으면 사귀었다. 좋아하지 않지만 딱히 마음에 드는 옷도 없으니 이거라도 입고 나가자는 기분으로. 고백해온 사람 중에서 딱히 나쁘지 않은 사람을 사귀게 되면 연애를 끝

낼 때도 문제였다. 그만둬야 한다는 걸 진작 직감했으면서도 결단을 내리지 못하고 질질 끌었다. 이 사람이 나를 아직 좋아하는데, 내가 더이상 좋아하지 않는다고 해서 관계를 끝내면 안 될 것 같았다. 심지어 헤어지고 싶다는 내 감정은 별로 중요한 문제가 아니라고도 생각했다.

사랑받지 못한 아이에게서 주로 나타나는 뒤틀린 조바심도 이럴 때마다 등장했다. '이 사람과 헤어진 후에도 이만큼 나를 좋아해주는 사람이 나타날까?' 행복하지 않은 연애를 꾸역꾸역 지속하는 여자들이 이와 비슷한 속내를 자주 토로하는 걸 보고 안타까웠다.

물건이든 상황이든 대충 선택하는 습관을 들이면 인간관계처럼 정말 중요한 문제에서도 자기에게 어울리는 대상을 찾지 못한다. 나 또한 전에는 마음에 꼭 들지 않더라도 싸면 일단 사고 봤다. 특히 옷이 그랬는데, 마음에 드는 부분이 가격뿐인 건 살 때만 뿌듯하고 주구장창 보관만 하게 되었다. 그리고 다음해 옷장을 열면 웬 거적때기만 있나 의아해하며 싼 옷을 사러 가길 반복했다. 이상하게도 사면 살수록 물욕이 생겼다. 이거 말고 더 좋은 뭔가가 있지 않을까 싶고, 또다른 것을 사면 기분이 좋아질까 싶어서. 많이 찾아보는 만큼 사고 싶은 것도 자꾸만 생겨났다. 싸게 사면서 돈을 아낀다고 위안하지만, 만족하지 못해 다시 사게 되는 악순환.

서른 즈음부터는 예산 안에서 온전히 마음에 드는 것만 샀다. 가격과 디자인, 기능이 100퍼센트 마음에 드는 것은 찾기 어려우므로 자연히 카드를 잘 꺼내게 되지 않는다. 대신 한 번 산 것은 자주 오래 쓴다. 지금 쓰는 것에 만족하니 무언가를 더 사고 싶다는 생각을 하거나 쇼핑에 들이는 시간이 줄어들었다.

연인을 만날 때도 마찬가지다. 딱히 나쁘지 않다는 이유로 관계를 시작하는 경우가 있다. 외로워서 특별히 원하지도 않는 사람과 사귀게 된다면, 진짜로 좋은 사람이 주변에 나타났을 때 여석이 없어 놓쳐버린다. 게다가 '만나준다' '맞춰준다'고 생각하며 한쪽만 기울어진 감정의 추가 작동하는 관계는 금세 끝을 보기 쉽고, 이런 마음으로 누군가를 만난다면 다시 사랑을 시작해도 같은 실수를 반복한다. 나쁘지 않아서 택하는 결정을 거듭하다보면 나중에는 좋아서 한 선택이라 스스로를 속이다가 어느 순간 진짜로 믿어버리게 되고, 이후에는 좋아서 하는 선택을 어떻게 하는지조차 잊어버리게 된다.

나쁘지 않은 것과 좋은 것은 다르다. 내 감정은 중요하지 않다고 여기고, 주어진 상황에만 만족하는 세계에서 한 발짝 나와보면 이제까지와 다른 풍경이 보인다. 자신의 감정을 대충 처리해버리지 않을 때 그동안 내가 보지 못했던 부분들이 보이기 시작하니까. 너무 쉽게 만족하거나 빨리 체념하는 습관 때문에 잘못 내린 선택이 없었는지 체크해볼 필요가 있다. 내가 어떤 사람과 함께할 때 더 나은 모습이 되는지 자세히 들여다볼 필요가 있다. 이 과정에서 내가 사랑을, 인정을 받을 만한 사람이라는 걸 한 번이라도 알게 되면 다시는 이전으로 돌아가지 않을 수 있다.

몸에 꼭 맞는 불행

권위적인 아버지 밑에서 숨막히는 어린 시절을 보낸 한 후배를 알고 있다. 그녀는 어렸을 때부터 엄마로부터 "너만 없었어도 진작에 이 집구석을 탈출했다"거나 "너만 안 낳았어도 너희 아빠와는 이혼했을 거다" 같은 말을 자주 들었다. 그녀에게는 엄마처럼 살게 될까봐 결혼하기 싫다는 마음과, 결혼을 해서 하루빨리 다른 곳으로 탈출하고 싶다는 마음이 공존했다. 아버지는 그녀가 딸로서 사근사근한 보살핌을 하는 역할을 맡아주길 바랐고, 그 기대가 어긋나는 날에는 폭력까지 일삼았다. 그런 날엔 어머니에게도 비난의 화살이 날아갔

※ 글에 등장하는 인물과 사건들은 실제 이야기를 토대로 저자가 부분적으로 각색했음을 밝혀둡니다.

다. 말 안 듣는 딸에 대한 분노는 '집에서 먹고 놀며 딸년 하나 교육도 안 시킨' 아내에 대한 욕으로 흘렀다. 그런 날엔 어김없었다. 통곡하는 소리, 벽에 부딪히는 소리, 퍽 하는 둔탁한 소리. 그런 유년 시절을 보냈기에 아버지만 보면 빠르게 뛰는 심장의 박동 소리가 너무 크게 느껴져서 자기 몸이 꼭 대형 스피커가 된 것 같았다고 했다.

그녀는 빨리 집을 탈출하겠다는 목표로 열심히 공부했고 취업에도 성공했다. 똑소리나고 차분한 사람이라고 주변에선 말하곤 했다. 사람들이 알지 못하는 그녀의 어둠은 연애에서 자주 깊어졌다. 그녀는 아버지에게 받지 못한 사랑을 마치 남자친구를 통해 채우려는 듯 끝없이 연애했다. 그러지 않으면 외로움이 그녀를 집어삼킬 것 같았다. 잘 알게 된 후 연애를 시작하는 게 아니라 연애를 시작하면서 상대를 알아가는 상황이 반복되다보니 '왜 이렇게 이상한 남자만 만나게 되는 걸까?' 하는 고민이 언제나 머릿속을 휘저었다.

연애가 잘 안 풀리는 것 말고는 다른 일들에서는 자주 반짝거리는 사람이었다. 나는 그녀의 부탁으로 연애 상담을 종종 해주었다. 보람은 없었다. 연애에 관한 고민을 털어놓을 때 그녀는 언제나 금방이라도 새 각오를 할 것처럼 고개를 주억거렸지만 나중에 물어보면 언제나 관계를 끝내지 못한 상태였기 때문이다. 실컷 함께 분노해주고 그 남자와 헤어져라 권유한 나는 허무해져서 언젠가부터는 그녀가 연애 이야기를 하면 살짝 흘려듣곤 했다.

시간이 지나 그녀가 새로운 사람을 만나 결혼한다는 소식을 전해주었을 때 이젠 좋은 남자를 만났으려니 했다. 직접 청첩장을 주고 싶다는 제안에 우리는 만났다. 그녀의 예비 신랑도 인사하러 올 거라고 했다.

"언니가 한번 보고 어떤지 말해줘요." "이제 봐서 무슨 말을 하겠어? 청첩장까지 나온 마당에 내가 헤어지라고 하면 헤어질 거야?" 나는 농담했다. 연애를 시작한 지 얼마 안 되었을 때 갑작스럽게 아기가 들어서서 결혼을 서두르게 되었다고 했다.

퇴근길에 들렀다는 예비 신랑이 들어와 목례하고 맞은편에 앉았다. 목례하며 나를 위아래로 훑었는데 노골적인 눈빛이 불쾌했다. 대화중 그는 자신이 굉장히 자신만만한 사람임을 과시하는 듯한 제스처를 취하며 거들먹거렸다. 그리고 초면인 내 앞에서 후배를 면박 주었다. "얘가 좀 무식해서요" "애엄마 되면 좋은 시절은 다 끝났죠"같이 그녀의 자존감을 짓누르는 말들. 그녀는 이런 말을 들으면서 그저 웃었고, 나는 그녀가 이런 상황에 익숙해진 것 같아 보여 속상했다. 그녀가 지금까지 나에게 고민상담을 했던 연애 상대들은 대개 고만고만하게 별로였지만 이 사람에 비하면 그나마 나은 편인 것 같았다. 그러지 않길 바라지만, 그날 본 그녀는 결국 자신의 어머니와 비슷한 길을 가는 것처럼만 느껴져 불안했다.

나는 궁금했다. 왜 어떤 사람들은 비슷한 불행을 적극적으로 선택하는 것처럼 보일까? 왜 누구처럼은 살지 않겠다는 다짐이 무색하게 붕어빵틀처럼 같은 인생을 살게 되어버리는 걸까? 너무나 잘 알고 있는 세계에서 비명을 질렀으면서, 진절머리를 냈으면서도, 결국은 자석처럼 비슷한 세계를 끌어당기고야 마는 걸까?

넷플릭스 드라마 〈너의 모든 것〉에는 이런 대사가 나온다. 다정하고 친절한 남자친구와 즐거운 시간을 보내던 귀네비어 벡은 친구들과 만나 문득문득 불안해지는 심정을 고백한다. 남자친구의 첫사랑을 알게 되자 이 행복이 오래가지 못할 거라는 불길함이 든다고도. "남자친구에게 그 여자는 평생의 짝이고 난 단지 스쳐가는 사람인 거 아닐까?" 질문하는 벡에게 친구는 이렇게 말한다. "네가 이러는 이유를 말해볼까? 작가로도 잘 풀리고 진짜 좋은 남자까지 만나니 뭔가 잘못됐다고 여기는 거야. 귀네비어 벡은 좋은 걸 가질 자격이 없다고 생각하니까."

경험에서 배우지 못하고 같은 실수를 반복하는 사람들에게는 공통점이 있다. 자기 인생에 대한 나쁜 예언자가 된다는 것이다. 부정적인 예감을 항상 마음에 두고 끝없이 스스로와 주변을 의심한다. 좋은 일이 생기거나 괜찮은 사람을 만날 리가 없다고 생각하며, 만약 좋은 사람이 생기더라도 자신의 어두운 모습을 알게 되면 실망해 떠나가버릴 거라고 생각한다. 그래서 자꾸만 부정적인 예측을 한다. 너도 결국 똑같다, 너도 나를 떠날 것이다 같은 예측들. 상대를 의심하고 집착하면서 질리게 해 떠나보내고는 어쩐지 마음 깊은 곳에서 안도한다. 이것이 바로 자기파괴적 예언이 자기실현적 예언으로 바뀌는 과정이다.

성장 과정에서 트라우마를 입은 사람들이 어른이 된 후에 비슷한 상황을 경험하는 것. 프로이트는 이것을 '반복강박repetition compulsion'이라고 표현했다. 행복은 모르니까 두렵지만 불행은 내가 잘 알기에 익숙하다고 여긴다. 불행이 습관이 되면 오래 입은 잠옷처럼 편안해진다. 불행한 사람들은 행복 앞에서도 좋은 건 내 몫이 아니라고 생각하다가 가장 익숙한 불행을 꺼내 입는다. 부모처럼 살지 않겠다고 다짐하던 사람이 부모 같은 삶을 살아가고, 상사처럼 일하지 않겠다고 생각하던 사람이 뒷모습마저 그 사람을 닮아버리는 건 그래서

다. 시바타 쇼의 소설 『그래도 우리의 나날』에는 이런 표현이 나온다. "더 정확하게 말하자면 불행이 몇 종류인가 있을 거야, 분명. 그리고 사람은 거기서 자기 몸에 맞는 불행을 선택하는 거지. 정말로 몸에 맞는 불행을 선택하면, 그건 너무 잘 맞아서 쉬이 익숙해지기 때문에 결국에는 행복과 분간하지 못하게 되는 거야."[2]

자신의 인생을 두고 자꾸만 나쁜 예언을 하는 걸 그만두자. 불행한 아이였다고 해서 불행한 어른이 되란 법은 없다. 자기에겐 행복이 해당될 리 없다고 멀리하거나 행복 앞에서도 언제나 끝부터 생각하고 조바심을 내는 것. 이런 습관에서 벗어나려면 잘 아는 불행과 모르는 행복 사이에서 애써 후자를 고르는 연습을 해야 한다. 불길한 예언은 그만두고, 좋아 보이는 새 옷을 입은 채로, 함께 있으면 기분 좋은 사람을 만나자. 그런 선택이 쌓이다보면 언젠가 행복이 맞춤복처럼 편안해질 날이 올지도 모른다.

공평하지 않은 어른의 연애

잡지 기자로 일할 때 연애 칼럼을 쓴 적 있다. 독자들이 연애 고민을 메일로 보내면 답장해주는 코너를 진행했는데 그 영향으로 나를 연애 전문가라 생각하는 이들이 더러 있다. 로또 일등을 최다 배출한 복권 가게 사장님도 정작 본인은 당첨이 안 되고 족집게 점술가라 해서 일이 술술 풀리는 게 아니듯 조언과 실제는 다른 영역이긴 한데 어쨌거나 연애 이야기는 재미있어 항상 귀를 열어둔다. 자주 듣다보니 데이터베이스가 꽤 쌓였다. 최근에는 연애에 대한 고민들을 듣다가 공통점 하나를 발견했는데, '내가 이 관계에서 손해 보는 것 아닐까' 생각하는 사람이 많아졌다는 거다. '공정'이라는 키워드가 화두가 되고 '갑질'에 대해서도 민감해진 영향인지,

연인 관계나 가족 관계같이 내밀하고 사적인 영역에서도 '호구가 되는 것 아닐까' 고민하는 사람이 많아졌음이 체감된다. 연애에서 을인 것 같아 힘들다는 사람들은 항상 자기만 참고, 자기만 주로 연락하고, 자기만 상대에게 시간과 장소를 맞추는 것 같아 억울하다고 한다.

연애에서 을이 되는 사람들은 「고린도전서」의 한 구절, "사랑은 오래 참고 사랑은 온유하며 투기하는 자가 되지 아니하며"를 성실히 실행하는 사람들이다. 많이 참는 이유는 눈치볼 짓을 해서라거나 헌신하길 좋아하고 인내심이 많아서가 아니라, 그저 더 많이 좋아하기 때문일지도 모른다. 관계에서 일어난 일 중 최고는 상대와 연애를 시작한 것이고 일어날 법한 일 중 최악은 헤어지는 거니까 그것만은 피하기 위해 웬만하면 맞춰줄밖에.

을의 연애로 힘들어하는 사람에게 해주고 싶은 말은, 일단은 이 고민 자체가 인생을 통틀어 봤을 때 더없이 기쁜 고민일 수도 있다는 것이다. 최선을 다하고 싶은 상대를 만난다는 건, 이 사람과 헤어지면 더 좋은 사람을 만날 수 없으리라는 불안에 초조해질 정도로 잘 맞는 이를 만났다는 뜻일 수도 있다. 어른이 되어갈수록 상처받지 않기 위한 방어 기제를 어떤 방식으로든 조금씩 구비하게 되고, 그러다보면 누군가를 만날 때도 설렘이 줄어들게 된다. 그럼에도 이런 마음까지 해제시키는 이를 만났다는 건 헤어지더라도 평생 회고할 가치가 있는 사랑을 해보았다는 의미다.

두번째는, 인간 관계에서 애정이 공평하게 배분되는 사이란 없음을 받아들여야 한다는 것이다. 두 사람 마음의 크기가 같아야 한다고 생각하니까 주변의 경우와 비교하게 되는데 애초에 마음은 어디서든 정확한 비율로 오가지 않는다. 학교에서도 회사에서도 친구 사이에서도, 언제나 더 애쓰는 사람이 있다. 심지어 부모와 자식 간에도 시기마다 애정의 추가 다르게 기울 수밖에 없고 편애하는 아이가 있을 수 있다. 많이 애끓고 더 많이 갈구하는 사람이 필연적으로 생기기 마련이고, 마음의 크기는 누가 보챈다고 해서 더 키울 수 있는 것도 아니다.

애정과 신뢰를 쌓는 속도가 사람마다 다르기도 하다. 어떤 이는 누군가를 사랑할 때 초반에 전력 질주하지만 어떤 이는 끓는점이 높다. 초반에 속도를 내는 사람은 후반부에 속도를 내는 사람에게 섭섭해하고 보채다 지쳐가지만 그렇다고 후반부에 속도를 내는 성향의 사람이 잘못된 것은 아니다. 여기서 필요한 질문은 '나는 왜 을인가'가 아니라 '어떻게 하면 서로를 더 이해할 수 있을까' 혹은 '그럼에도 내가 이 관계를 유지하고 싶은가'뿐이다. 감정의 평등에 집착하면 결국 헤어짐이라는 결론밖에 없다.

세번째는, 관계에서 습관적으로 을이 되는 사람에게 하고 싶은 제안이다. 연애를 할 때마다 감정적 약자가 된다면 먼저 내 세계의 나무가 다양하고 풍성한지를 확인해볼 필요가 있다. 연애는 잘 가꾼 서로의 정원에 놀러 가는 일과 비슷한데, 자기 정원이 척박하면 여긴 볼 게 없다며 자꾸 상대의 공간에만 있으려고만 하게 되어 상대에게 매달리게 된다. 혼자서도 즐거울 수 있는 사람이 되고 나면 여유 있게 누군가를 내 정원에 초대할 수 있고, 내 정원이 정갈하면 누군가 먼저 내 공간에 관심을 보일 수도 있다.

운동이나 공부를 하든, 외모를 가꾸든, 새로운 취미를 갖든, 연애 외의 활동도 즐기면서 나의 세계를 넓히는 일부터 시작하자. 밀당을 한답시고 카톡을 늦게 보거나 바쁜 척하는 식의 기술을 쓰는 건 빤히 수가 읽힌다. 게다가 애초에 이런 방법이 통하면 을이 아니다. 시간이 걸리지만 본질적인 해답은 나의 강점을 키우는 일뿐이다. 감정의 기울기를 받아들이고 안달하지 않는 것, 서로의 다른 속도를 이해해보는 것, 나의 세계를 매력적으로 가꾸어서 쉽게 절박해지지 않는 것. 성숙한 어른의 연애란 멀리 있지 않다.

불행한 아이였다고 해서
불행한 어른이 되란 법은 없다.
자기에겐 행복이 해당될 리 없다고
멀리하거나
행복 앞에서도 언제나 끝부터
생각하고 조바심을 내는 것.
이런 습관에서 벗어나려면 잘 아는 불행과
모르는 행복 사이에서
애써 후자를 고르는 연습을 해야 한다.

장점이 단점을 압도하는 사람

연애할 때 단점으로 여긴 모습이 결혼 후에는 외려 장점이 된다는 말을 들은 적 있다. 예를 들면 이렇다. 내성적이고 친구가 별로 없는 사람은 결혼 후 가정을 최우선으로 여기니 좋고, 돈을 잘 쓰지 않았던 사람은 결혼 후에 돈 문제로 속썩일 일이 적으며, 매사에 무심한 편이었던 사람은 잔소리를 별로 안 하고 정에 이끌려 사고를 치는 일도 적다는 것. 이런 말도 있다. 말재주가 없고 매사에 진지한 스타일은 영원히 이성에게 인기 없을 예정이니 어디 내놔도 마음이 편안하다고!

경험과 연륜이 느껴지는 농담을 들으며 나는 사람의 장점과 단점이 사실 손등과 손바닥의 차이 정도라는 생각을 했다. 장점과 단점은 두 갈래로 나뉘지만 사실은 한곳에서 나온다. 관심사가 넓은 것이 장점이라면 그와 연결된 단점으로 무언가 하나를 진득하게 파기 힘들다는 특성이 생긴다. 매사 긍정적인 것이 장점이라면 현실 감각 떨어지는 성격이 단점으로 보일 수 있다.

이 같은 기질은 잘 바뀌지 않으니 무엇이 되었든 안정된 길을 택하려면 본인의 기질이 장점으로 인정받기 쉬운 환경으로 가야 한다. 물론 내향적이면서 영업직을 선택하는 식의 도전을 할 수도 있고 실제로 그렇게 해서 성취를 이룬 사람도 많다. '자기를 넘어서는' 극기훈련과도 같은 도전은 개인적으로도 사회적으로도 의미가 있다. 다만 견뎌내기가 너무 힘이 든다.

관계에서도 마찬가지. 상대에게 덜 섭섭하고 덜 기대하면서 원하는 것을 얻어야 할 때가 많은데, 이때도 상대의 단점은 일단 쉽게 고칠 수 없다고 가정한 후 상대의 장점을 응용해볼 궁리를 하는 게 효과가 좋다. 특히 부부 관계에서는 잘 싸우는 것도 중요하지만 싸울 일 자체를 줄여나가는 것이 중요하다. 사람 간 다툼으로 생긴 감정이라는 것은 자고 일어나면 회복되는 체력 같은 것이 아니다. 그때의 감정은 시간이 지나도 흉터가 남고 마는 피부 같아서 다루기 까다롭다. 연애와 달리 결혼은 일상이고 생활이기에 미리 상대의 장점을 파악하고 그에 따른 단점도 예측할 수 있다면 의미 없는 싸움을 줄일 수 있다.

결혼 생활에서 극도로 스트레스를 받는 이들을 보면, 연애 상대일 때 보여준 모습 중 좋았던 면을 결혼 후 자신에게만 보여주길 바라는 경향이 있는 듯하다. 외향적인 모습이 보기 좋아 결혼했지만 그 외향적인 모습을 가정에서만 보여주길 바라는 식으로. 또 마음에 안 드는 부분이 있더라도 결혼을 하게 되면 상대가 자연스럽게 생활 습관을 바꾸리라 기대한다. 그러다 서로를 이기적이고 책임감이 없다고 비난하며 싸우는 것이다. 성취 지향적이어서 연차에 비해 일찍 승진하는 모습을 보고 멋있다고 생각해 결혼했지만 그가 야근을 할 때마다 회사가 가정보다 더 중요하냐고, 왜 바뀌지 않느냐고 섭섭해하는 경우 따지는 본인은 답답하고 상대는 어리둥절할 수밖에 없다.

남편과 연애할 때, 처음에는 내게 없는 모습을 보는 게 신기하고 재미있었다. 신중하고 말수가 적은 그를 볼 때면 나까지 차분해지는 듯했다. 그렇게 내 단점을 보완해주는 사람이라 좋아했지만 내게 있는 모습이 그에겐 없는 걸 보고 답답했던 적도 많았다. 속마음을 잘 이야기하지 않아서 항상 일정한 거리감이 느껴졌고 그저 공감받고 싶을 뿐인 일에도 이성적으로만 접근해 속 터질 때가 잦았다. 장점과 단점을 연결해 남편을 바라보려 했다. 그러니 결혼 생활에서 일어날 상황들이 그려졌다. 나는 그걸 감당할 수 있을 거라 생각해 결혼했는데 다행히 우리는 지금까지 큰소리를 내본 적이 거의 없다. 그건 그나 내가 특별히 좋은 사람이어서가 아니라 서로의 단점에 집중하지 않기 때문이다.

우리 둘이 완전히 다른 부류라는 걸 MBTI 결과를 통해 보며 다시금 깨닫고 웃은 적도 있다. MBTI에 따르면 우리 궁합은 최악이다. 나는 ENFJ 유형으로 외향적이고 감성적이며 타인에게 관심이 많은 이상주의자이지만 남편은 ISTJ 유형으로 현실을 중시하고 계획 세우는 걸 좋아하며 기본적으로 남에게 관심이 없다. 보통 나 같은 타입이 남편과 같은 유형을 보면 냉정하며 융통성 없고 사회성 없는 선비라고 생각하기 쉽고, 반대로 남편 같은 타입이 나 같은 사람을 보면 감정 기복과 변덕이 심해 피곤한 스타일이라고 생각하기 쉽다. 이 설명대로라면 우리는 오랑우탄과 침팬지 차이 정도로, 비슷하지만 전혀 다른 과에 속한다.

남편과 연애하던 시절, 초반에는 그저 그가 연애에 서툴러서 그렇다고 생각했었다. "오늘 밤에 같이 있을까?" 슬쩍 물으면 당황스러운 얼굴로 "그런 건 최소 일주일 전에 계획을 세워야 해" 하고 대답해 김빠지게 하거나, "결혼하면 내 손에 물 안 묻게 해줄 거야?" 같은 질문을 하면 한참 고심하다 "그렇게 현실성 없는 거짓말은 할 수 없어" 하는 무쓸모한 정직함. 좋고 싫음이 얼굴에 잘 드러나는 나와 달리 매일 비슷한 기분을 유지하고 항상 같은 표정을 짓고 있어서 로봇같이 느껴지기도 했다. 서운해하기도 하고 따져 묻기도 했는데 시간이 지나면서 분명히 알게 되었다. 우리는 서재에 꽂힌 책들이 전혀 겹치지 않는 사람들처럼 정반대의 유형이라는 걸.

남편의 행동을 보고 이상하다고 느낀 일들은 그의 입장에서는 당연한 것이었다. 나만 선심 써서 봐준다고 생각했는데, 그래서 약이 올랐는데. 그 역시 내가 이상해 보일 때가 많았지만 나름대로 이해하려 노력했다는 것도 새삼 알았다. '도대체 이해가 안 되네?' 분노하는 게 아니라 '왜 그렇게 생각할까?' '우리는 어디서부터 다른 걸까?' 궁금히 여기는 데서 시작하면 부정적인 감정을 줄일 수 있다. 서로가 당연하다고 여기는 지점이 충돌할 때 우리는 자주 불화한다. 우리는 막연히 '상식'을 공유하고 있다고 생각하니까.

그러나 사람마다 상식은 다를 때가 많다. 저 사람이 이상하거나 내가 잘못된 게 아니라, 같은 상황을 보고도 우리는 전혀 다른 데서 출발하고 있다는 걸 아는 게 감정적으로 대응하지 않도록 도와준다. 상대를 이미 잘 안다고 생각하지 않는 것이 관계를 선순환으로 이끌며, 애초에 생각의 구조와 경험치가 다르다는 걸 인정하면 해결책에 집중할 수 있다. 서로의 상식이 같아야 한다고 생각하면 필연적으로 다투게 된다. 나 자신과 싸우려고 하면 나라는 인간 전체가 미워지기 쉽듯 타인에게 하는 지적이나 갖는 기대도 마찬가지다.

우리는 자신의 단점은 이해받길 원하면서 타인의 단점은 너무 쉽게 바꾸라고 지적한다. 그러나 자칫 단점을 개선하려 애쓰다보면 고구마뿌리처럼 그와 연결된 장점마저 잘려나가게 된다. 장점을 볼 때 그에 파생되는 단점을 함께 바라보고, 뭔가 고치라 말하고 싶어지는 것이 생길 때는 그 또한 장점의 부산물이라 생각하면 관계에서 오는 괴로움을 줄일 수 있다. 덜 독촉하고 덜 미워하면서 최대한으로 사랑할 수 있다.

우리 더 좋은 곳으로 가자

독립문역을 지날 때면 전에 살던 옛집에 괜히 들러보고 싶다. 신혼 생활을 시작했던 현저동 집은 이십 년 된 방 두 개짜리 24평 아파트였는데 안산자락길이 보이는 복도를 지나 현관에 들어서면 안방과 거실을 따라 베란다가 이어졌다. 그 집을 보러 가기도 전에 '현저동'이라는 지명에 마음이 일렁였다. 내가 가장 경애하는 박완서 작가가 서울에 와서 처음 자리잡은 곳이자 "벌레의 시간을 증언하겠다"며 글을 쓰기로 마음먹은 이곳. 소설 속에서 자주 보았던 서대문형무소가 공원으로 단장되어 집 초입에 펼쳐진 곳이었다.

특히 결혼 전엔 집이라기보다 방에 가까운 곳에 살았던 나로서는 거실과 부엌이 있고 베란다가 있는 집에 살게 되었다는 감격이 컸다. 햇볕이 잘 드는 남향이라 낮에는 전등을 켤 필요가 없고 엘리베이터가 있어서 택배를 시켜도 미안하지 않고 창문을 열고 밖을 보아도 바로 밖에서 차가 씽씽 달리지 않는 아파트. 우리집이라 불리는 곳이 생길 때의 안정감이 이렇게 큰 거였구나. 사랑과 배려가 탄수화물에서 나오는 거라면 평온함은 '집'에서 나오는 게 아닌가 싶을 정도였다. 전보다 무엇에든 화가 덜 나는 나를 보며 사람도 고양이만큼이나 영역동물이 아닌가 생각해보기도 했다.

집 꾸미는 데 재미를 붙여 거실엔 큰 탁자를 둬 카페처럼 꾸미고 부엌의 찬장은 하얀 시트지를 사다가 일일이 붙였다. 치수를 재어다가 동대문시장에서 사온 인조 잔디를 베란다에 깔고 오렌지재스민나무와 캠핑의자 같은 걸 두었다. 아주 큰돈을 들인 건 아니었지만 처음으로 내 취향의 가구와 가전을 사면서 어른의 소꿉놀이를 맘껏 했다. 지금 생각하면 이상하다. 몇천 원, 몇만 원은 아끼면서 그때 쓰던 돈은 왜 꼭 사이버머니같이 현실감 없었는지. 그렇게 직접 하나하나 만들어둔 집이 너무 좋아서 결혼하고 한동안은 주말에도 밖에 잘 나가지 않았다.

어릴 때 다섯 식구가 함께 살던 좁은 집에선 화장실이 하나여서 미리 쓰느라 아침마다 분주했다. 자취방에선 책상과 침대만 있어도 꽉 차 무언가 더 들일 수 없었다. 그런 삶에 익숙할 때는 불편했지만 불편함을 몰랐다. 편리함을 느껴본 적이 없었으니까. 이제는 집에서 밥을 지어 먹고 책을 읽고 글을 쓸 수 있다. 누군가에게는 당연해 보이는 일이 예전의 내가 그랬듯 또다른 누군가에게는 여전히 꿈만 같은 일이라는 걸 안다. 2020년과 동시에 시작된 코로나19로 인해 집에 오랜 시간 있어야 할 때, "안전한 집에만 머물러주세요"라는 당부가 뉴스에서 계속 흘러나올 때 문득문득 '방'에 있는 사람들을 생각했다. 누군가에게는 집이 편하지도, 안전하지도 않을 텐데. 도서관에도 카페에도 갈 수 없는 사람들은 어쩌지?

방에 살 때는 집을 꿈꿨고, 방 두 개인 집에서는 방 세 개인 집을 바랐던 나는 이제 마당 있는 집을 상상한다. 포털사이트에 들어가 '단독주택'을 검색해 한참 구경한다. 나무를 가꾸고 해먹과 캠핑의자를 가져다두고 날씨 좋은 날 오후 한두 시간쯤 시간을 보내는 평화로운 풍경, 거기에 종이인형놀이를 하듯 내 모습을 오려서 겹쳐본다. 햇볕을 쬐며 쉬다보면 젖은 마음이 바삭해질 때가 많다. 반대로 마음이 복잡하면 집안도 비슷하게 지저분해진다. 이처럼 머무르고 싶은 공간에 대해 상상하는 일은 인생을 어떻게 살고 싶은가와도 연결되는 말이기도 하다.

그러나 또한 알고 있다. 서울에서 조금씩 평수를 늘려가는 일이 어려워지고 있다는 것. 그러고 보면 희망이란 결국 확장에 대한 이야기인 듯도 하다. 눈에 보이는 크기가 아니라 조금씩 삶을 더 나은 방향으로 바꿔갈 수 있느냐에 따라 희망을 품을 수 있는지 아닌지가 갈린다. 요즘 청년들이 절망하는 이유가 여기서 나온다. 윗세대보다 가난하기 때문이 아니라 노력해도 주변을 따라잡을 수 없다는 박탈감 때문에. 책 『아무튼, 예능』의 저자 복길은 〈구해줘! 홈즈〉를 보며 이렇게 썼다. "이런 인테리어 예능은 집을 잘 구하는 팁을 알려주는 것이 목적이 아니다. 아무리 생각해도 미쳐버렸다는 생각밖에는 들지 않는 부동산 가격과 도무지 어떻게 살라는 건지 알 수 없는 기이한 집과 방에 대한 고발 르포다."[3]

'사토리세대(さとり世代, 사토리는 '깨달음, 득도'라는 뜻을 지닌 일본어로, 사치품이나 해외여행에 관심이 없고 돈과 출세에도 욕심이 없어 마치 득도한 것처럼 보이는 청년들을 뜻하는 신조어다)'는 모든 것에 달관한 세대가 아니라 포기한 세대라는 뜻의 다른 말로 읽힌다. 이런 현상을 긍정적으로 평가하거나 현재에 만족하며 살라는 말을 하는 이를 만나면 빤히 쳐다보게 된다. 집을 세 채 네 채 투기하면서 집값은 계속 올라야

한다고 말하는 사람을 보면 당신들 때문에 미래 세대가 망가지는 걸 아느냐고 따지고 싶어진다. 부모 세대가 가난했지만 희망이 있었던 건 집을 조금씩 넓혀가는 과정이 평범한 것이었기 때문이다. 이제는 이런 행로가 운좋은 사람에게만 해당되는 게 아닌가 허탈해하고 있다. 기성 세대는 탐욕을 조절해 양보해야 하고 청년들은 더 나은 걸 욕망해야 한다. 청년들이 오늘보다 내일이 나을 거라 낙관할 수 있고 바라는 것을 조금씩이나마 이뤄갈 수 있는 세상에만 희망이 있다.

평범한 사람이 특별한 콘텐츠를 만들 수 있을까

"에세이집 처음 내는 분들 뵈면 저희는 작가님 책 참고하라고 많이 말씀드려요. 그 책처럼 잘 읽히게 쓰시면 된다고요."

처음 보는 출판사 편집자와 인사할 때 이런 이야기를 종종 듣는다. 에세이를 잘 쓰는 대가들의 작품을 권하면 나는 도저히 저렇게 쓸 수 없겠다 싶어 지레 포기할 수 있으니 만만한 내 글을 추천하는 거다. 저 정도는 나도 하겠다고 마음먹을 수 있는 글이라는 소리니까 작가 입장에서는 그런 말을 마냥 칭찬으로만 여길 수 없다. 그럼에도 나는 그런 말을 듣는 게 싫지 않은데, 내 글이 에세이의 레퍼런스처럼 여겨진다는 것은 개성 있으면서도 쉽게 읽히는 글이라는 의미일 테니까. 막상 따라 쓰려다보면 쉽지 않을 걸 아는 데서 오는 자신감이기도 하다. 물론 처음부터 이렇게 긍정적인 쪽으로(?) 마음먹은 건 아니었다.

독자와의 만남을 할 때면 마지막에 수줍게 다가와 이렇게 말하는 사람이 있다. "저도 한때 작가가 되는 게 꿈이었어요." 그러면 나는 꼭 말한다. "늦지 않았어요. 지금이라도 써보세요." 그때마다 "너무 평범해서 안 돼요" 하는 대답이 자주 나오는데 "저도 진짜 평범한데요" 하면 독자들은 웃고 말아버린다. 진짠데…… 어릴 때부터 내가 남들과 다른 점이 있다면 책을 하루에 한 권씩 읽는 것뿐이었다. 요즘이라면 다독하는 어린이를 특별히 여길 것 같은데, 내가 어릴 때는 '국민취미'가 독서와 음악감상이었다. 아무리 빠듯한 살림이어도 집마다 전집 하나쯤은 있었고 책이든 앨범이든 인기를 끌면 밀리언셀러가 되곤 했다. 그런 분위기였으니 취미가 독서라고 하는 건 지금으로 치면 "제 취미는 유튜브 열심히 보는 거예요" 하는 느낌? 평범한 애가 취미까지 평범한 게 창피했다.

유튜브를 보다가 유튜버를 꿈꾸듯 책을 많이 읽으니 자연스럽게 책을 쓰고 싶어졌다. 소설을 좋아하니 소설가를 직업으로 삼을 수 있을까 해서 습작을 해봤지만 곧 한계를 느꼈다. 무언가에 꽂혀서 오래 시간을 써본 사람은 알겠지만 취향이 쌓이는 속도에는 정체기가 없어서 한 분야에 안목이 높아지기는 쉽다. 그러나 실력은 흡수한 안목에 비례해 늘지 않는다. 눈으로 읽고 만족하고 인정하는 작품의 수준은 점차 높아지는데 직접 손으로 쓰는 건 그에 비하면 백분의 일, 천분의 일도 되지 않는다. 안목은 헤비하지만 실력은 라이트한 상태의 간극을 견디려면 자기가 만든 걸 참고 봐줄 비위가 있어야 한다. 그런 소수만이 남아 창작자가 되지만, 마니아의 세계에서 방향을 틀어본 이들 중 대부분은 대체로 둘 중 하나의 행로를 택한다. 아예 그쪽 다리를 폭파해버리고 전혀 다른 코스를 밟는 사람, 또는 근처에서 비슷한 일이라도 하며 얼씬거리는 사람.

출판사나 잡지사에 다니면 사랑하는 대상 근처에 계속 남을 수 있으리라 낭만적으로 생각했다. 주간지 기자가 되자 선배들이 이 일을 오래할 거라면 전문 분야를 만들라고 조언해주었다. 동기들에 비해 나는 내세울 만한 취향이 없었다. 동기 중 한 명은 소위 '홍대 문화' '인디 문화'라고 불리는 데 관심과 경험이 많았다. 또다른 동기는 남성 독자를 타깃으로 스포츠나 연예 기사를 유머러스하게 풀어내곤 했다. 선배들도 취향과 관심사가 선명했다. 처음에는 그들을 따라 해보려

했지만 흉내내는 데는 한계가 있었다. 비슷하게 해봤자 모조품 취급을 받을 거라면 투박하더라도 오리지널리티가 있는 게 중요했다.

전문 분야라 하기 어려워서 남들이 관심 갖지 않는, 그래서 내가 처음부터 길을 닦아볼 만한 아이템을 찾았다. 생활비 고민, 휴학과 아르바이트와 취업 준비, 친구와 연인 등 인간 관계, 외로움과 불안감 같은 상황과 그에 따른 감정에 대한 기사를 주로 썼다. 자신을 평범하다고 생각하고 있을 이십대 여성이 할 법한 고민과 관심사를 꾸준히 풀어냈다. 다른 기자들이 최신 유행과 소수 취향, 한정판을 소개할 때 일상적 소재를 이야기할 사람도 필요하다고 보았다. 그게 소위 '받쳐주는' 일이기만 해서 폼은 나지 않더라도. 독자들에게서 메일을 받아보면 감사 인사의 주된 내용이 이러했다. 자기 이야기를 대신해줘서 고맙고 위로받았다고.

월별로 조회수 높은 콘텐츠의 순위를 매겨보면 내가 만든 게시물이 대부분 상단에 있었다. 자신감을 얻어 그처럼 대중적인 언어를 구사하는 쪽으로 강점을 키워보자고 목표했다. 이 시대 사람들이 가장 많이 소비하고 반응하는 콘텐츠를 따라가며 이유를 분석해보니, 사람들이 돈을 쓰는 데는 반드시 시대적 징후가 숨어 있었다. 아무리 이해할 수 없고 시시해 보여도 깊이 들어가보면 인기 있는 건 이유가 있었다. 읽고 싶은 책 다섯 권을 고르면 베스트셀러 다섯 권도 함께 샀다. 요즘 인기라는 소문이 들리면 내 관심사와 멀더라도 최대한 직접 경험해보았다. 트렌드를 분석하고 대중적 감각을 꾸준히 유지하는 일이 좋았던 건 나처럼 생각하는 사람이 흔치 않아서였다. 나는 그간 평범한 게 콤플렉스였는데, 신기하게도 이 업계에선 평범함을 공부하는 사람이 소수였다. 경력이 쌓일수록 자기 분야와 취향을 더 날카롭게 다듬고 싶어하지 평균의 감각을 기르고자 애쓰지는 않으니까.

내 글의 체질도 바꾸었다. 손가락으로 드래그하며 넘기는 디지털 콘텐츠에 익숙해진 독자들은 종이책의 밀도 높은 문장을 감당하기 버거워했다. 라디오 대본을 쓴다고 생각하며 어려운 표현은 최대한 쓰지 않고 입으로 소리내 읽으면서 문장을 마무리했다. 영상 콘텐츠에 익숙해 독서 근육이 줄어든 사람들을 위해 호기심을 유발하는 제목으로 관심을 끈 후, 친근하고 공감 가는 소재를 서두에 배치해 기사에 머무르는 시간을 늘렸다. 책 시장의 헤비 유저로 항상 아쉬움을 느꼈던 부분을 직접 채워보기도 했다. 자기계발서는 읽고 나면 자극을 받지만 거리감이 있고, 에세이는 친근하지만 지나치게 작가의 개인적인 일화에만 머무르는 경우가 많았다. 그 중간쯤의 글이 읽고 싶었는데 많지 않아서 내가 썼다. 칼럼 같지만 딱딱하지 않은 글, 나의 이야기로 시작하되 나의 이야기로 끝내지 않는 글을 오랫동안 써왔다.

노력했지만 선망하는 것에 닿을 수 없다면 세부 장르를 바꿔서라도 다른 길을 찾아볼 수 있다. 아이돌로는 인기를 얻지 못했지만 트로트로는 성공한 가수가 있고, 소설로는 등단하지 못했지만 드라마 시나리오로 최고 대우를 받는 작가가 있듯이. 프로의 세계를 관찰해보면 대부분은 객관적인 실력 그 자체로 대단하다 평가받는 게 아니라 독보적인 개성, 유일함으로 살아남는다. 위대한 콘텐츠를 만들지는 못하더라도 특별한 콘텐츠를 만드는 건 가능하고, 그걸 광고업계 용어로는 '브랜드 포지셔닝' 또는 '브랜딩'이라고도 한다. 일상을 표현하는 연기에서 독보적이라는 평가를 받는 배우 문소리는 책 『부디 계속해주세요』에서 이렇게 말한 적 있다.

"데뷔하고 나서 나는 어떤 배우인가 생각을 해보니까 제가 스물여섯 살까지 굉장히 평범하게 살았어요. 영화배우를 하려는 생각도 없었고, 그냥 대학 생활 열심히 하고 연극을 좀 좋아하는 평범한 학생이었어요. 그런데 연기를 시작하고 보니까 제가 평범하게 살았던 시간들이 저한

테는 굉장히 저의 개성이고 저의 힘이라는 생각이 들었어요."[4]

남의 눈에 띄지 않았던 시간들을 잘 벼려가다보면 어느 순간 대단한 개성이 되기도 하는 것이다. 너무 평범해서 자신만의 콘텐츠를 만들 수 없다고 말하는 사람들에게 말해주고 싶다. 대단한 사람이 아니더라도 괜찮다고, 꼭 그런 사람만 새로운 콘텐츠를 만들어내는 건 아니라고. 세상에는 전문가용 프로그램도 필요하지만 입문자용과 중급자용 프로그램도 필요하니까.

내게 상처가 있듯

너도 보이지 않는 곳에

상처가 있겠지

한동안 자존감에 대해 잊고 있었다. 일상에서 자존감을 굳이 의식하며 살지 않는다는 게, 역설적으로 내가 자존감이 높다는 증거가 될 것이다. 사람은 자기에게 부족한 걸 끊임없이 생각하기 마련이니까.

남들이 날 보고 어떤 사람일 거라 판단하는 말들을 들어보면 꽤 자존감이 높아 보이나보다. 자신만만하고 여유로워 보인다거나 당당하다는 말을 자주 듣는다. 사랑을 많이 받고 자란 티가 난다고 부러워하는 사람들도 있었다.

그런 식의 질문이나 추측을 들을 때면 대답 대신 형광펜으로 줄을 쳐 선물하고 싶은 책이 있다. 너무 자주 읽었기에 거의 외워둔 문장을 낭독해주고 싶다. 마치 신이 잠깐 다녀간

듯 깨달음을 얻는 순간을 에피파니epiphany라고 하는데, 내게도 그런 순간이 있었는지 톺아보면 그중 하나로 아래의 문단을 만난 하루가 떠오른다. 어떤 화두에 집중하다보면 비슷한 시기에 읽게 된 책이나 영화, 만나는 사람을 통해 그에 대한 해답을 번뜩 얻을 때가 있다. 자존감에 관한 고민을 한참 하던 이십대에 한 소설을 읽다가 그에 대한 대답을 받아들고는 출력해서 잘 보이는 곳에 붙여두었다. 2010년에 출간된 윤성희의 장편소설 『구경꾼들』에 나오는 문장이 바로 그것이다.

> 식당 주인은 사고로 가운뎃손가락의 손마디가 잘렸을 때 어머니가 해주신 이야기를 떠올렸다. 붕대에 감긴 아들의 손을 보더니 어머니가 갑자기 바지를 내리고 엉덩이를 아들에게 보여주었다. 병원 로비였고, 사람들이 가던 길을 멈추고 쳐다보았다. "이 엉덩이 흉터 보이지? 어릴 때 솥뚜껑을 깔고 앉았단다." "그건 엉덩이잖아요. 전 손가락이고요." 그러자 다시 바지를 입은 어머니가 고개를 끄덕이며 말했다. "그 말이다. 내가 하고 싶은 말이. 당연히 니 손가락이 더 아프지. 하지만 내가 엉덩이를 데었을 땐, 세상 누구도 나보다 더 아플 거라고는 생각지 못했어." 어머니의 엉덩이를 본 후로 식당 주인은 보이지 않는 곳에 누구나 흉

> 터가 있을 거라는 상상을 하곤 했다. 저 사람의 등에는 아주 보기 흉한 사마귀가 있을 거야. 저 사람 엉덩이에는 종기가 나서 의자에 앉기도 힘들 거야. 그런 상상을 하다보니 개가 물고 간 잘린 손가락 마디쯤은 아무렇지도 않게 느껴졌다.[5]

저렇게 멀쩡해 보이는 사람들한테도 상처가 있다고? 세상 누구도 나보다 아플 것 같지 않은데 혹시 저 사람도 같은 생각을 하면서 나를 바라볼까? 얼굴에만 상처가 없다 뿐이지 등이나 엉덩이나 가슴에 있어서 옷으로 가린 채 살아가는 걸까? 소설 제목같이 '구경꾼'처럼 나를 지켜봤다. 괴로워하고 분노하는 이 감정이 지나치게 격렬한 건 아닌지, 나에게만 이런 일이 생긴다고 말하는 부정적인 현실 인식에 갇혀 시야가 희끄무레해져버린 건 아닌지 살폈다. 그즈음부터 남들이 티내지 않아도 품고 있을 상처에 대해 관심이 많아졌다. 실제로 그런 내심이 하나씩은 있다는 걸 알게 되자 놀라웠고 위로가 되었다.

자존감이란 객관적인 조건이 아니라 주관적으로 자기의 가능성을 가늠하는 데서 나온다. 나의 이상적 자아를 높은 기준에 두면 항시 실제로는 그보다 못 미치게 되고 그런 자신을 보며 못마땅할밖에. 이십대 초반까지 자존감이 낮았던 이유는 내 모습이길 바라는 기준이 있는데 그에 미치지 못하는 괴리를 인정하기 힘들어서였다. 남들은 희고 평평한 도화지를 받아 그림을 그리기 시작했는데 나는 얼룩덜룩하고 구겨진 도화지를 받았기에 잘해봤자 소용없다고 불평했지만 그래봤자 바뀌는 게 없었다. 자세히 살펴보면 나보다 더 좋지 않은 재질의 종이를 받아든 사람도 있었는데 그땐 그게 보이지 않았다. "너희 젊음이 너희 노력으로 얻은 상이 아니듯, 내 늙음도 내 잘못으로 받은 벌이 아니다"라는 영화 〈은교〉 속 대사를 활용해보자면, 처음 나에게 주어진 환경은 잘못으로 받은 벌이 아니고 그저 여러 가지 우연의 합일 뿐이라는 사실을 인정했다. 더 좋은 조건이 주어졌어야 했다고 억울해하는 걸 그만두었다.

왜곡된 렌즈를 뺀 뒤에는, 자존감을 좀먹는 사람들에게서 도망쳤다. 일단 부모님 집에서 나왔다. 세상에는 애써 노력해도 어긋나기만 하는 관계가 있다. 그게 설령 가족이라 해도. 이해할 수 없지만 싫어하지 않으려고 애썼고 그저 너무 달라서 맞지 않는 거라 여겼다. 부모를 나쁘다고 생각하면 그들이 낳은 나는 나쁜 사람의 자식이 되고 마니까, 격렬히 미워하면 자학해서라도 상처 주겠다는 마음으로까지 연결되기 쉬우니까 그저 흐릿하게 볼 수 있는 거리에 두고 가끔만 스치듯 만났다. 냉정해 보이겠지만 어른이 돼서도 곁을 떠나지 못한 채 부모 탓을 하며 싸우기보다는 최소한의 도리만 하더라도 원망하지 않는 자식이 낫다. 대신 나를 존중하고 이대로 충분하다고 말해주는 사람을 만나 사랑하고 사랑받으면서 애정의 허기를 채웠다.

또한 자존감은 이 정도면 괜찮다고 스스로를 인정하는 격려이기도 하므로, 나를 격려해주기 위한 성취를 만들어갔다. 스스로의 역량을 믿어주는 힘인 자기효능감self-efficiency은 자존감과 긴밀하게 연관된다. 교내 수상에 도전한 경험을 바탕으로 전국 단위 공모전에 지원했고, 그 성과를 이력서에 써서 인턴에 지원하는 식으로 차곡차곡 성공의 경험을 쌓았다.

자존감을 키우려면 자기를 사랑해주라는 말을 많이 하는데, 거기에 필요한 구체적 재료들을 제공하지 않으면 가냘픈 정신승리에서 끝날 수 있다. 그렇다고 해서 뛰어난 무언가가 되어야 나 자신을 인정할 수 있다고 생각하면 영원히 그런 날은 오지 않을 수 있다. 중요한 건 작더라도 노력해서 성과를 낸 일들에 대한 기억을 쌓아가는 일상이다. 아르바이트일 수도 있고 목표 금액을 모으는 걸 수도 있고 봉사활동 시간을 채우는 일일 수도 있다. 이처럼 긍정적인 결과를 이끌어내본 기억이 있으면 다른 시도에도 겁을 덜 내고 스스로를 믿기 쉽다. 누구나 처음은 두려우나 "너 저번에 했던 그거 기억하지? 막상 해보니 할 만했잖아. 그러니까 이것도 한번 해보자"고 말을 걸 때 과거의 근거들이 많으면 설득하기 수월하다.

다른 사람에게도 상처가 있다는 걸 기억하고 신세한탄만 하는 데서 벗어나기, 내가 특별한 존재여야 하고 세상이 내게 우호적일 거란 기대를 내려놓기, 자존감을 해치는 사람에게서 멀어지기, 나를 존중하기가 수월해지도록 작은 성취의 경험부터 쌓기. 이 같은 방식이 이십대의 내가 낮은 자존감에서 자유로워지고자 노력한 비결 중 핵심이었다. 자존감을 기르면 마음의 면역력이 높아져 잔병치레를 덜 하게 되고 마음의 기초대사량이 높아져 부정적 감정의 군살이 덜 들러붙는다.

자신을 사랑하라는 말을 들을 때면 어떻게 그게 가능한지 의아해하는 사람에게, 상처받지 않으려고 아무것도 하지 않고 움츠리는 사람에게, 자존감이란 특별하게 내세울 게 있는 사람에게만 주어지는 거라 믿는 사람에게, 내가 예전에 읽고 마음을 들켜버린 것 같아 찌르르했던 문장을 나직이 읽어주고 싶다.

"당연히 니 손가락이 더 아프지. 하지만 내가 엉덩이를 데었을 땐, 세상 누구도 나보다 더 아플 거라고는 생각지 못했어."

과거의 어둠은 베이스캠프에 묻어두고서

이번 겨울엔 JTBC 〈효리네 민박〉을 자주 보았다. 이상했다. 회사에 다닐 때는 사람들 소리에 지쳐 음악도 클래식만 들었는데 집콕 생활이 길어지자 사람들의 말소리가 흘러넘치는 예능 프로를 열심히 틀어두게 되다니. 특히 2020년에는 대리만족하고 싶은 마음으로 유독 여행을 소재로 한 프로그램을 찾아보았는데, 첫 방영을 한 지 몇 년이 흘렀음에도 〈효리네 민박〉에는 여행에 대한 대리만족뿐 아니라 지금을 살아가는 사람들이 선망하는 모든 요소가 응집된 듯했다. 번잡함에서 멀리 떨어진 공간이지만 외롭지 않은 곳. 다정한 사람과 포근한 동물이 어울리고 사려 깊은 배려를 받으며 정갈한 식사를 함께하는 곳. 일상의 편안함과 여행자의 설렘이 한자리에서 만나는 스위트 홈.

프로그램을 보면서 가수 이효리의 남편 이상순이 처음 대중에 얼굴을 알린 때를 떠올렸다. 그들이 연애중임을 밝히고 결혼 소식까지 알렸을 때 대중은 놀라워했다. 이상순씨께는 죄송하지만 내 아들이다 생각하고 보더라도 미남이라 하긴 좀 그렇고 인지도 면에서도 이효리에 비하면 많이 부족해 보이는 게 사실이었다(물론 이건 그가 부족해서가 아니라 이효리가 그저 넘사벽이기 때문에……). 그들 결혼의 진짜(?) 이유를 찾던 사람들은 이상순이 대단한 부잣집 아들일 거라 예측했으나 그의 부모님이 서울에서 분식집을 하는 평범한 분들이라는 걸 알고 그의 치명적인 매력이 대체 어디 있는 걸까 궁금해했다.

방송을 보니 둘만의 디테일을 모르는 남들이 보기에도 이상순의 큰 매력 중 하나는 옆에 있는 사람을 편안하게 해주는 태도에 있는 것 같았다. 물론 방송이란 아무리 리얼리티를 표방한다 하더라도 그대로 믿을 수 없는 것이긴 하나, 민박집 내에서 그가 아내나 게스트에게 대하는 태도를 보면 독립적이고 강인한 내면의 사람만이 내보이는 특유의 오라가 있었다. 자존감이 높고 깊은 화를 품고 살지 않는 어른에게서 나오는 너그러움. 실제로 이효리는 한 예능 토크쇼에 출연해 결혼을 결심한 계기에 대해 이렇게 말한 적 있었다. 이전에 만났던 사람들과 달리 자격지심이 없고 그만의 것을 갖고 있는 모습이 좋았다고. 어릴 때부터 톱스타로 살며 자신의 위치를 파악하고 지키는 태도가 체화된, 언젠가부터 그게 덧없고 무겁다고 느꼈을 영민한 이가 그간 속했던 세계와는 전혀 다른 문법으로 살아가는 남자에게 반했을 과정이 납득되었다.

이상순을 볼 때마다 이름이 비슷한 내 남편이 겹쳐졌다. 주변 지인들도 이상순을 볼 때마다 우리 부부가 생각난다는 말을 종종 했다. 이름뿐 아니라 성격이 비슷한 것 같다고도 했었는데 그때마다 나도 동의를 했더랬다. 남편은 내가 아는 모든 이들 중에서 가장 콤플렉스가 없는 사람이다. 열등감이 없고 꼬여 있지 않으니 누군가를 볼 때 좋은 면만 보려 해 남의 험담을 거의 하지 않는다. 사람의 급을 나누거나 돌려받을 걸 계산하지 않아서 누구에게나 잘해주지만 아무에게나 마음을 주진 않는다. 살 못 빼는 것만 빼곤 자기에게 엄격하고 타인에게 관대한 사람.

내내 잔잔함을 유지하는 그와 달리 나의 내면에는 때때로 시커먼 풍랑이 친다. 뱃멀미를 할 때처럼 정신을 차리기 힘들어 중심을 잡는 데 시간이 걸릴 때가 있다. 과도한 자기비하에 빠지거나 분노 조절이 되지 않아 소리를 지르고 숨어버릴 때가 있다. 그래서 노력한다. 충동적인 그 아이가 튀어나오지 않도록 버튼을 잡고 사느라 지금껏 단 한 번도 취할 때까지 술을 마신 적 없다. 책을 읽고 명상을 하고 운동을 하면서 남에게 피해주지 않으려고 애쓴다.

결혼 생활을 하면서 오랜 시간 곁에서 남편을 보게 되자 부러웠다. 내가 닿으려고 하는 평정에 기를 쓰고 도착해보면 그는 항상 여유 있게 이미 와 있었으니까. 감정이 하락폭을 보일 때조차 내가 지하 10층까지 내려간다면 그는 지하 1층 정도밖에 내려가지 않은 듯했고, 그러더라도 빠르게 회복했다. 처음에는 인성의 비결을 나와 다른 성장 환경에서 찾았다. 그가 큰스님 같은 소리를 할 때마다 "사랑받고 자란 부잣집 나으리는 절대 알 수 없는 일이 있다굽쇼" 하며 비꼬았다. 너는 가난하지 않았으니 결핍을 모르고 장남으로 귀하게 자라 차별을 모르니 속 편할 수 있는 거라고 단순히 여긴 적도 있다. 객관적인 조건만 보면 맞는 말일 수도 있었다. 그러나 우리 삶의 모든 일이 그렇듯 그게 다는 아니었다.

학창 시절 내내 아버지의 직장 때문에 그는 자주 옮겨 다녔다. 부천, 서울, 부산, 대구, 그리고 다시 서울로. 입학식과 졸업식을 같은 곳에서 한 적 없단 말이 신기하게 들렸다. 전학을 갈 때마다 말씨를 바꿔야 했지만 그렇다고 이미 무리를 이룬 아이들이 숫기 없고 운동 못하는 그를 끼워주진 않았다. 이후 중국에 있는 대학에 진학하면서는 유학생으로 차별을 당하고 비상식적인 상황을 많이 목도하면서 상종 못할 인간에 대한 역치가 높아졌다. 그때 하도 별꼴을 다 봐서 항상 최악의 상황을 가정해두게 됐고 뭘 봐도 그럴 수 있겠다 싶어졌다고 한다. 내가 그의 가장 대단한 점이라고 여기는 관대함, 평정심, 계획성 같은 특성이 이런 데서 길러진 거였다. 컴퓨터언어를 공부하는 게 취미이고 새로 나온 컴퓨터 스펙을 즐겨 분석하는 그에게 왜 그렇게까지 컴퓨터를 좋아하느냐고 물은 적 있다. 그가 했던 대답은 이랬다.

"사람한테는 아무리 정을 줘도 헤어져야 되는데 컴퓨터는 어딜 가도 그냥 가져가면 되잖아. 그게 제일 좋았던 것 같아."

성격 좋은 비결이 뭐냐는 질문에는 이렇게 답한 적도 있다.

"음…… 항상 비주류였으니까?"

남편은 열등감이 없는 사람이 아니라 열등감을 활용해 자기의 강점으로 삼았다. 커가며 주변을 둘러보니 이런 이들이 많았다. 전에는 타고난 사회적 조건에 따라 열등감의 정도가 정해지는 거라 여겼는데 신기하게도 열등감에도 1인분씩 총량이 정해져 있었다. 나는 부모에게 사랑받지 못한 걸 오랫동안 열등감으로 갖고 있었다. 그러던 중 내가 너일 수 있다면 모든 걸 걸 수 있겠다고 생각해온 아이가 어느 밤에 내게 고백한 적 있었다. 부모님만큼 대단한 사람이 되지 못할 걸 알아서 두렵다고. 그 기대에 부응하지 못할 것이고, 그들의 기대보다 자신이 훨씬 평범한 사람이라는 걸 인정하는 일이 너무나 비참하다고.

부자이기만 하면, 좋은 직장을 갖기만 하면 열등감에서 벗어나리라 생각할 수도 있겠지만 세상에는 언제나 나보다 좋은 조건의 사람들이 있어서 남을 비교 대상으로 삼으면 패배하는 일밖에 남아 있지 않다. 객관적으로 좋은 조건을 가졌다면 자존심은 애쓰지 않고도 높을 수 있겠지만 자존감에 비해 자존심이란 얇은 바늘 하나에도 푸시시 바람이 꺼져버리니 자존심을 세워봐야 뒤처리만 번거롭다.

남편이 임시의 삶 속에서 컴퓨터라는 애정의 대상을 찾고, 주류가 된 적 없지만 중재자의 캐릭터로 자신을 조립해 자존감을 세워갔듯 고난 끝에 고난만 오는 게 아니고 축복 끝에 축복만 예정된 게 아니다. 나는 가난하고 외롭게 자랐지만 그 덕에 작고 소외된 존재를 지나치지 못하게 되었다. 그로써 가지게 된 독서라는 취향과 글쓰기라는 취미가 내 자존의 가장 큰 부분을 차지해왔다.

자존감이란 비교우위에서 벗어나 나라는 사람 자체로 괜찮다고 긍정하며 자신을 다독일 수 있는 힘이므로 단순히 돈이 많다거나 불행한 일을 많이 겪었다고 해서 높아지거나 낮아지지 않는다. 휩쓸림 속에서 한계를 인정하고, 그 과정에서 작더라도 온전한 자기만의 것을 찾아내면 좋겠다.

자존감은 열등감이나 자격지심이나 피해의식 같은 불순물을 없애고 순도 높게 벼려낸 보석이 아니라, 나라는 사람의 성정을 발효시켜 오래 기다려 구워낸 빵에 더 비슷할 것이다. 정말로 자존감이 높은 사람들은 고통에 무지한 사람들이 아니라, 주어진 것을 뛰어넘었고 더이상 그 흉터에 집중하지 않겠다고 선언하는 승리자들이니까. 과거의 어둠은 베이스캠프에 묻어두고서 더 위쪽 좋은 것들이 기다릴 풍경으로 담대하게 걷겠다고 결심하는 탐험가들이니까.

3부 인용 출처

1 「시인 A "뿌리 깊은 출판 권력과 폐쇄적인 정보 공유가 문제"」, <뉴스페이퍼>, 2020. 4. 28.
2 시바타 쇼, 권남희 옮김, 『그래도 우리의 나날』, 문학동네, 2019, 24~5쪽.
3 복길, 『아무튼, 예능』, 코난북스, 2019, 18쪽.
4 문소리 외 9인, 『부디 계속해주세요』, 마음산책, 2018, 86쪽.
5 윤성희, 『구경꾼들』, 문학동네, 2010, 106~7쪽.

더 좋은 곳으로 가자

1판 1쇄 2021년 3월 10일
1판 6쇄 2023년 1월 23일

지은이 정문정

기획·책임편집 황은주 | 편집 박영신 김소영 | 디자인 김마리
마케팅 정민호 이숙재 박치우 한민아 이민경 안남영 왕지경 김수현 정경주 김혜원
브랜딩 함유지 함근아 김희숙 고보미 박민재 박진희 정승민
제작 강신은 김동욱 임현식 | 제작처 영신사

펴낸곳 (주)문학동네 | 펴낸이 김소영
출판등록 1993년 10월 22일 제2003-000045호
주소 10881 경기도 파주시 회동길 210
전자우편 editor@munhak.com
대표전화 031) 955-8888 | 팩스 031) 955-8855
문의전화 031) 955-2689(마케팅) 031) 955-2697(편집)
문학동네카페 http://cafe.naver.com/mhdn
인스타그램 @munhakdongne | 트위터 @munhakdongne
북클럽문학동네 http://bookclubmunhak.com

ISBN 978-89-546-7783-7 03810

www.munhak.com